KB078242

박선우 장편소설

FUSION FANTASTIC STORY

기적의 환생

MIRACLE LIFE

기적의 환생 9

박선우 장편소설

초판 1쇄 찍은 날 § 2019년 1월 9일
초판 1쇄 펴낸 날 § 2019년 1월 16일

지은이 § 박선우
펴낸이 § 서경석

총괄팀장 § 최하나
편집책임 § 김대용
편집 § 신보라

펴낸곳 § 도서출판 청어람
등록번호 § 제387-1999-000006호
등록일자 § 1999. 5. 31
어람번호 § 제1-2992호

주소 § 경기도 부천시 부일로 483번길 40 서경B/D 3F (우) 14640
전화 § 032-656-4452 팩스 § 032-656-4453
http://www.chungeoram.com
E-mail § chungeorambook@daum.net

ⓒ 박선우, 2018

ISBN 979-11-04-91912-1 04810
ISBN 979-11-04-91763-9 (세트)

박선우 장편소설
FUSION FANTASTIC STORY

기적의 환생

MIRACLE LIFE

9

도서출판 청어람

기적의 환생

MIRACLE LIFE

CONTENTS

제40장
전설로 가는 길II

　윤문호 교수는 아침 일찍 학교로 나와 교수실에서 차를 마신 후 학생회관으로 향했다.

　대한민국이 전부 잠이 들었다.

　아니다, 잠이 들었다는 표현은 맞지 않는다.

　거리에는 차가 보이지 않았고 거의 모든 가게가 철시를 했지만 대한민국 국민들은 그의 눈에 보이지 않는 곳에서 지금 간절한 마음으로 모여 있을 것이다.

　무엇일까.

　그들의 가슴에 들어 있는 감정은.

아마 그들도 나와 같겠지.

차를 타고 학교로 나올 때, 교수실에서 커피를 마실 때, 그리고 떨리는 걸음으로 학생회관을 향해 걸어가는 자신처럼 그들은 오늘 벌어지는 경기에서 최강철이 승리해 주기를 간절히 바라고 있을 것이다.

학생회관은 이미 성지로 변해 있었다.

최강철의 경기가 벌어질 때마다 학생회관은 학생들로 인해 발 디딜 틈조차 없었는데 경영대의 행사는 이제 학교 전체의 행사로 변해 버렸다.

학생들은 거기에서 서로의 손을 맞잡고 화면을 지켜본다.

학생회관으로 들어서자 칼날처럼 차가운 바람이 사라졌고 온몸을 얼려 버릴 듯한 추위 역시 숨을 죽였다.

뜨겁다.

젊은 열기로 가득 찬 학생회관은 한겨울의 매서운 추위를 날려 버릴 정도로 뜨겁게 달구어져 있었다.

학생들이 마련해 준 좌석을 향해 다가가자 먼저 와 있던 동료 교수들이 인사를 해왔다.

그들을 향해 미소를 지어주었다.

웃고 있었지만 웃는 게 아니다. 그들도 나도.

30분 정도 텔레비전을 지켜보자 화려하게 빛나던 특설 링의 빛이 모두 꺼지더니 문을 통해 최강철의 모습이 보였다.

당당한 걸음으로 링을 향해 다가가는 제자의 모습을 보면서 윤문호 교수는 자신도 모르게 두 손을 부여잡았다.

학생회관을 가득 채운 학생들의 입에서 벼락같은 함성이 터져 나왔으나 그는 입을 열어 그 함성에 동조할 수 없었다.

응원하고 싶지 않아서가 아니었다.

그저 머나먼 타국에서 자신의 꿈을 이루기 위해 도전하는 제자의 모습을 보자 가슴이 벅차올라 아무 말도 할 수 없기 때문이었다.

최강철.

그 이름 석 자.

왜 서울대에 합격했으면서 휴학을 하고 미국으로 건너가던 그의 질문에 최강철은 자신을 향해 이렇게 말했다.

"저는 꿈을 이루고 싶습니다, 교수님. 청춘의 힘은 꿈에서 나오는 거라고 배웠습니다."

부끄러웠다.

서울대라는 명예에 기대어 타인들을 얕보았던 자신의 처신과 생각이 얼마나 짧고 부끄러웠단 말인가.

오랜 세월이 지난 후 돌아온 최강철은 그에게 언제나 복서가 아닌 학생으로 다가왔다.

　비록 최근 들어 거대한 시합이 연이어 잡히는 바람에 수업에 빠진 경우도 있었으나 그는 슈퍼스타답지 않은 겸손함과 순수를 지닌 채 학생의 본분을 다했다.

　어느 날 불쑥 찾아와 고아들을 돕겠다고 말했을 때 그를 칭찬해 주었다.

　국민들의 사랑을 한 몸에 받았으니 사회에 자신이 받은 사랑을 환원하고 싶다는 말에 기꺼움을 숨기지 못했다.

　하지만 그때는 몰랐다.

　그가 파이트머니로 받은 돈을 전부 고아원과 장학금으로 쏟아부을 줄은 정말 꿈에도 생각하지 못했다.

　화를 냈다. 왜 그런 짓을 하느냐고.

　남들을 돕는 것도 분수를 지켜야 한다며 다시는 그러지 말라는 이야기를 해줬다.

　그러나 최강철은 조용히 고개를 흔들었을 뿐이다.

　"저는 살면서 배운 것이 하나가 있습니다. 죽을 때 가져갈 수 있는 건 아무것도 없다는 것이죠. 아무것도 가져가지 못하는 삶을 살면서 욕심을 부리는 건 바보 같은 짓인 거 같아요."

　그 말을 듣고 더 이상 아무 말도 하지 못했다.

그의 생각과 행동은 가르쳐야 할 범주를 넘어섰으니 자신은 스승으로 불릴 자격이 없다는 생각이 들었다.

최강철, 이겨라.

너를 사랑하는 사람들을 위해 이겨다오.

너는 단순한 복서가 아니라 대한민국의 영웅이지 않느냐.

영웅은 절대 져서는 안 돼!

최강철은 화려한 불빛 속에 섰다.

링은 언제나 똑같고 자신을 향해 쏟아지는 함성 역시 비슷했으나 링에 올라설 때의 느낌은 언제나 달랐다.

"강철아, 물 줘?"

"아뇨, 됐습니다."

"그럼 나중에 목만 축여."

"좀 웃어요. 너무 경직돼서 금방 쓰러질 것 같잖아요."

"그래."

최강철이 말하자 윤성호가 억지로 웃었다.

하지만 그 모습이 마치 우는 것처럼 보였다.

그의 긴장이 바깥으로 쏟아져 나와 피부로 느껴질 정도였다.

그건 이성일도 마찬가지였다.

놈은 라커룸부터 입술이 바짝바짝 마르더니 이제는 가뭄

속의 논두렁처럼 타들어가고 있었다.

"강철아, 절대 무리하면 안 돼. 시합하다 우리 작전대로 먹히지 않아도 당황하지 말고 뒤로 물러서."

"예."

"시합 끝나면 내가 낚시 가르쳐 줄까?"

"또 그 소립니까? 나는 낚시하고는 상극이라고 말했잖아요."

"아 참, 그렇지. 그럼 골프 배워볼래?"

나름대로 긴장을 풀어주기 위해 한 말이겠지만 윤성호의 정신은 반쯤 나가 있는 것 같았다.

수많은 격전을 치렀지만 이 경기를 맞이하는 그의 긴장감은 극에 달해 있었다.

"이 자식은 왜 안 나와!"

최강철이 대답을 하지 않은 채 빙그레 미소를 짓자 윤성호가 소리를 빽 질렀다.

어떤 말이라도 해야 한다.

지금은 무슨 말이라도 해서 최강철의 긴장감을 조금이라도 풀어줘야 한다고 생각했다.

하지만 그것 역시 뻭사리다.

이미 허니건은 문을 통과해서 실내로 들어서고 있었기 때문이다.

최강철은 관중들의 환호를 받으며 링으로 오르는 허니건의 모습을 빤히 쳐다보았다.

그의 모습이 나타나는 순간 미소는 지워졌고 뜨거운 투지만이 그의 눈에 자리 잡고 있었다.

짙게 가라앉은 눈.

허니건의 모습을 바라보는 그의 눈은 독수리처럼 날카로웠고 먹이를 노리는 맹수처럼 번들거렸다.

허니건이 그의 시선을 확인한 후 인상을 쓰며 주먹을 들었으나 최강철은 그를 바라보는 시선을 거둬들이지 않았다.

허니건, 아직까진 아니야.

이제부터 네 자신감을 철저하게 짓밟아줄게.

지루한 행사가 연이어 벌어졌고 국가 의례를 끝으로 모든 행사가 끝나자 장내 아나운서가 그 옛날 목숨을 걸고 싸우던 검투사를 소개하는 것처럼 목소리를 끌어 올렸다.

"신사 숙녀 여러분, 지금부터 양 선수를 소개시켜 드리겠습니다. 청 코너, 키 178㎝, 몸무게 66.8㎏. 24전 24KO승. 현 WBA, IBF 챔피언. 무패를 기록하고 있는 동양의 갈색 폭격기, 허리케인 최강철!"

소개를 시작할 때부터 뜨거웠던 관중들의 반응은 최강철의 이름이 불리자 최고조에 달했다.

특히 링 사이드 VIP 좌석에 앉아 있던 두 명의 여자는 자리에서 일어나 펄쩍펄쩍 뛰었는데 그 모습이 고스란히 화면에 잡혔다.

그 여자들의 정체가 바로 미국을 대표하는 영화배우 샤론 킴과 빌보드 차트 연속 12주 1위를 차지하고 있는 가수 그레이스였기 때문이다.

뒤이어 허니건의 소개가 이어졌다.

"홍 코너, 키 180㎝, 몸무게 66.9㎏. 33전 32승 1패, 25KO승. 현 WBC챔피언, 카리브해의 악마, 상대를 잡아먹는 절대 맹수 로이드 허니건!"

극적인 연출을 위해서였을까.

장내 아나운서의 목소리가 찢어질 것처럼 소개의 말미에서 솟구쳐 올랐다.

최강철을 소개할 때보다 그의 목소리는 더욱 컸고 멘트도 더 강력했다.

"저 씨발 놈이 뭘 잘못 처먹었나. 왜 선수 소개 하는데 차별을 두는 거야. 죽을라고!"

그냥 있을 이성일이 아니었다.

놈은 사회자를 보면서 눈을 부라렸지만 사회자의 시선은 링의 중앙으로 나와 인사하는 허니건 쪽을 향하고 있었다.

허공에 대고 이단 옆차기를 한 것과 비슷했기에 놈의 얼굴이 일그러질 대로 일그러졌다.

하지만 달래줄 시간이 없었다.

선수 소개가 끝나고 곧장 심판이 양 선수를 링의 중앙으로 불러 모았던 것이다.

이제 시작이다.

"강철아, 작살을 내자. 지금까지 까불었던 거 여기서 전부 되돌려 주는 거야. 아자, 아자. 가자!"

"강철아, 절대 대주면 안 된다. 저 새끼한테 대주면 절대 안 돼!"

이성일과 윤성호가 번갈아 소리를 질렀다.

그렇게 긴장하고 있더니 시합이 시작되는 순간이 되자 소리를 고래고래 지르는 걸 보면 경험이란 놈이 무섭긴 무서운 모양이다.

최강철은 링의 중앙으로 나간 순간부터 허니건을 무섭게 노려보기 시작했다.

지금까지의 시합에서는 몇몇 경기 빼고 다른 곳을 보거나 고개를 숙인 채 심판의 주의 사항을 들었지만 이번만큼은 기세에서 밀리지 않겠다는 듯 허니건을 압박했다.

허니건도 물러서지 않았다.

경기 전에 펼쳤던 신경전의 종지부를 찍겠다는 듯 그는 눈을 부릅뜬 채 콧김을 쏟아내며 이마를 최강철을 향해 바짝

들이밀었다.

입에서 역겨운 냄새가 쏟아져 나왔다.

눈은 번들거렸고 온몸은 뭘 처발랐는지 윤이 반짝반짝 빛나고 있었다.

최강철의 입이 열린 것은 허니건의 이마가 자신을 내려다보며 찍어왔을 때였다.

"그러다 눈깔 찢어지겠다, 이 새끼야. 주둥이 좀 다물어. 냄새나니까!"

"뭐라고, 이 동양 새끼가!"

"함부로 날뛰지 말고 심판 말씀이나 잘 들어, 경기 시작하기도 전에 뒈지지 말고."

최강철의 도발에 허니건이 참지 못하고 주먹을 치켜들었다.

그러자 심판이 주의 사항을 말하다 말고 급하게 허니건의 몸통을 부여잡아 코너로 돌려보냈다.

하지만 최강철은 꼼짝하지 않고 그 모습을 지켜봤다.

그는 링의 중앙에서 한동안 허니건을 노려보다가 심판이 코너를 가리켰을 때야 천천히 자신의 코너를 향해 돌아갔다.

이제 운명의 시간이다.

내가 세계 최강이란 것을 증명하는 시간이 다가왔다.

때앵!

코너로 돌아와 마우스피스를 입에 문 최강철이 공 소리와 함께 링의 중앙을 향해 성큼성큼 걸어 나갔다.

맞은편에서는 아직 흥분을 가라앉히지 못한 허니건이 미친 들소처럼 튀어나오고 있었다.

＊　　　　＊　　　　＊

"아이고, 살 떨려!"

장내 아나운서가 선수를 소개하는 순간 김영호가 자신이 들고 있던 소주병을 아예 나발 불었다.

이 경기를 기다리면서 소주를 한 병이나 비웠던 그는 단숨에 다섯 모금을 들이마신 후에야 입에서 소주병을 떼어냈다.

"야, 천천히 마셔. 그러다 시합도 못 보고 뻗어."

"지는, 넌 벌써 두 병이나 마셨잖아!"

"흐흐… 강철이 전적 좀 봐라. 정말 환상적이잖냐. 이러다 세계 기록도 경신하겠다."

"아직 멀었어. 세계 기록은 라머 크라크가 가지고 있는데 44연속 KO승이야."

"그래?"

"허니건 소개한다. 저 새끼 전적도 만만치 않아."

"저놈은 정말 물소처럼 생겼단 말이야. 그런데 왜 별명이 비스트야, 카리브해의 악마는 또 뭐고. 장내 아나운서 저 새끼강철이 소개할 때보다 목소리가 더 크잖아. 저 씨발 놈이 차별 대우 하는 건가?"

"야, 이제 조용히 해. 곧 시작한다고. 옆 사람들이 째려보잖아!"

류광일이 소리를 지르자 김영호가 그의 옆구리를 꾹 찔렀다.

새벽부터 나와 잠실야구장 스탠드 로얄석을 차지하고 있던 그들의 주변에는 사람들로 꽉 차서 움직이기도 힘들 지경이었다.

사람들은 언제부턴가 푸른색 바탕에 최강철의 모습이 새겨진 청색 깃발을 들고 나왔기 때문에 잠실경기장은 온통 푸른 물결이었다.

추위로 인해 예전보다 관중들은 줄어들었으나 그럼에도 잠실야구장의 스탠드는 구름처럼 많은 관중들이 몰려든 상태였다.

이윽고 대형 화면을 통해 두 선수가 링의 중앙에 마주 서자 관중들의 긴장은 최고조에 달했다.

"강철이 눈 봐라. 무시무시하네. 인터뷰 때와는 전혀 달라."

"눈으로 죽인다는 게 어떤 건지 알겠다. 마치 번갯불이 튀는 것 같아. 강철이가 아주 작심한 모양이네."

"어… 어!"

두 선수가 눈싸움을 하다가 허니건이 갑자기 주먹을 치켜 드는 순간 김영호의 입이 떡억 벌어지며 자리에서 벌떡 일어섰다.

두꺼운 파카를 입어서 눈사람처럼 보이던 그는 자신도 모르게 일어서다가 균형을 잃었기 때문에 류광일이 부축하지 않았다면 넘어질 뻔했다.

하지만 그런 사람이 한둘이 아니었다.

"저 미친놈, 얻다대고 벌써부터 주먹질이야? 짐승이라더니 매너가 개판이잖아."

"와아, 강철이 봐. 눈 하나 깜짝하지 않고 있어. 우리 강철이. 씨발, 너무 멋있다."

"아우, 살 떨려. 영호야, 드디어 시작한다."

"씨발, 소주를 너무 마셨나. 하필이면 이때 오줌이 마렵냐."

"그냥 싸, 이 자식아!"

*   *   *

쉬익!

링의 중앙에서 만나는 순간 최강철은 번개처럼 레프트 잽을 갈겼다.

그런 후 빠르게 우측으로 돌았다.

그러자 위빙으로 잽을 흘린 허니건의 라이트 훅이 지체 없이 안면을 노리고 날아왔다.

슬쩍 물러서자 놈의 신형이 흔들거리는 것처럼 바뀌며 방향을 틀었다.

그러고는 직선으로 접근해 들어왔다.

그냥 접근해 온 게 아니라 최강철이 움직이는 방향을 차단하고 더 이상 돌지 못하도록 레프트 훅이 날아왔다.

그대로 방향을 유지하면 걸린다.

물론 암 블로킹으로 막을 수 있으나 더 이상 돌 수는 없다.

그렇기에 최강철은 펀치를 가딩한 후 뒤로 물러났다.

갈지자 전진.

듀란과 묘하게 다른 것은 앞으로 내밀어진 왼발이 최강철의 오른발과 함께 움직인다는 점이었다.

최강철은 빠르게 접근해 오는 허니건의 펀치들을 피하며 다시 우측으로 돌았다.

같은 패턴의 공격.

놈은 자신의 외곽을 봉쇄한 후 접근전을 펼쳐 승부를 볼 생각이 분명했다.

최강철은 초반부터 무섭게 전진해 오는 허니건의 공격을 피하며 그가 준비한 것들을 예리하게 주시했다.

역시 제프 카터의 분석은 정확했다.

뭔지 모르지만 듀란전 때보다 더 답답하다.

뒤로 물러서면 물러설수록 허니건의 압박은 점점 심해지고 있었다.

바로 문제의 팬케이크 위력이 작동했기 때문이다.

듀란의 팬케이크 스텝은 상대의 방향 전환을 용인하고 최단 거리 직선을 활용해서 압박을 가해왔는데 허니건이 준비한 건 아예 방향 전환조차 허락하지 않는 것이었다.

그럼에도 최강철은 연속으로 잽을 던지며 허니건의 압박을 빠른 발로 피했다.

강한 압박을 가해왔으나 허니건 역시 무리를 하지는 않았다.

파악… 팡… 팡!

최강철이 그냥 물러서지 않았기 때문이다.

속사포처럼 날아오는 레프트 잽과 스트레이트의 조화는 소름이 끼칠 정도로 날카로웠기 때문에 허니건은 목을 잔뜩 움츠린 채 최강철이 물러서는 순간에만 공격을 가해왔다.

탐색전이다.

양쪽 다 상대가 준비한 전략이 어떤 것인지 확인하느라 전력을 기울이지 않았다.

팽팽한 긴장감.

하나는 밀고 하나는 뒤로 물러선다.

하지만 그렇다 해서 긴장감이 줄어든 것은 아니었다.

하나하나의 펀치에 담겨 있는 살기가 관중들의 가슴에 서늘함을 심어 놓았기 때문이다.

이곳에 온 관중들은 근본적으로 복싱을 좋아했기에 1라운드는 상대를 탐색하기 위해 전력을 다하지 않는다는 걸 충분히 알았다.

그럼에도 양 선수에게서 펀치가 나올 때마다 몸을 움찔거렸다.

잠시도 쉬지 않는다.

탐색전을 펴면서도 두 선수는 모두 기회만 오면 상대의 목줄기를 끊어놓을 것처럼 강력한 펀치들을 내고 있었다.

"어떠냐?"

"방향 전환을 틀어막고 있습니다. 우리가 예상했던 것처럼 직선 공격이 아니라 갈지자로 움직입니다."

"봤다. 압박은?"

"듀란보다 심해요. 이대로 진행하면 2라운드부터 힘들어질 것 같아요. 놈이 전력을 기울이지 않았는데도 강하다는 게 느껴져요."

"1라운드만 더 보자. 놈이 뭘 더 준비했는지 확인하고 시작해."

"알겠습니다."

"좋아, 목 축여라."

윤성호는 더 이상 말을 걸지 않고 곧바로 물병을 들어 최강철의 입에 대주었다.

선수를 믿는다.

1라운드에서 보여준 허니건의 팬케이크 스텝은 듀란보다 훨씬 진화된 것이었으나 어느 정도 예상은 하고 있었다.

문제는 방향 전환을 못 하게 만드는 놈의 왼쪽 훅이었다.

하지만 그것도 준비된 전략이 가동되면 문제가 되지 않을 것이다.

놈이 준비한 것은 이것이 다라면 충분히 승산이 있다.

이성일의 입이 열린 것은 최강철의 얼굴에 윤성호가 바셀린을 발라줄 때였다.

"강철아, 저 자식 1라운드에서 한 번도 스트레이트를 쓰지 않았어. 아무래도 일부러 쓰지 않는 것 같다는 느낌이 들어."

"알고 있다."

"느꼈다면 다행이다. 놈의 주특기가 양 훅이지만 스트레이트의 위력도 상당히 뛰어나. 일부러 쓰지 않은 것이라면 함정을 파고 있다는 뜻이야. 조심해야 돼."

"오케이."

1분이란 시간은 그리 긴 시간이 아니다.

그럼에도 스태프들과 주고받는 의견은 경기에 상당한 영향을 미친다.

수없이 많은 난관을 뚫고 나온 윤성호와 이성일은 이제 어떤 트레이너 못지않은 실력을 지니고 있었기에 경기를 보는 눈이 뛰어났다.

공이 울리고 링의 중앙으로 나오자 허니건의 얼굴에서 미소가 떠올라 있는 것이 보였다.

최강철은 마주 웃어주지 않았다.

대신 그의 면상을 향해 강력한 레프트 잽과 라이트 스트레이트를 던졌다.

허니건의 가딩은 완고했다.

최강철의 레프트 잽이 상당한 위력을 갖고 있다는 걸 알기 때문인지 가딩과 위빙에 대한 훈련을 집중적으로 한 것 같았다.

그런다고 해서 레프트 잽의 효능이 완벽하게 사라지는 건 아니다.

레프트 잽의 효능은 선제공격의 의미도 있지만 방어의 개념이 그 이상 중요했다.

적의 균형을 허물어뜨려 적극적인 공격을 하지 못하게 만들기 때문이다.

최강철은 레프트 잽을 아끼지 않았다.

번개처럼 빠른 레프트 잽을 연속으로 던지며 허니건의 접근을 막았다.

레프트 잽에 이은 라이트 스트레이트는 기본이다.

잽만 던졌을 경우에는 위빙이나 커팅으로 흘린 후 곧바로 공격을 시작할 가능성이 있기에 최강철은 반드시 스트레이트와 훅을 병행시켰다.

하지만 허니건의 접근을 완벽하게 차단할 수 있는 건 아니었다.

허니건의 접근은 본능적인 것처럼 보였다.

그는 최강철의 공격이 회수되는 순간 여지없이 펀치를 내면서 앞으로 파고들었는데 그 위력이 상당했다.

계속 물러났다.

링의 전체를 돌면서 허니건의 접근 기동을 무력화시키는 전략을 펼쳤다.

지금까지 서둘지 않으며 쫓기만 했던 허니건의 움직임이 변하기 시작한 것은 2라운드 중반이 훨씬 지났을 때였다.

부웅, 붕… 부웅… 붕!

원투 스트레이트를 때리고 뒤로 물러서는 최강철을 향해 허니건의 양 훅이 폭발적으로 터져 나왔다.

단발이나 2, 3차례 펀치를 내는 것으로 그쳤던 그의 공격은 잠시도 쉬지 않고 터지기 시작했는데 방향 전환을 하지 못할 정도로 강력했다.

뒤로 빠지며 위빙과 더킹, 암 블로킹으로 펀치를 흘렸으나 순식간에 로프까지 몰렸다.

그때부터가 진짜였다.

허니건은 최강철이 로프로 몰리자 코앞까지 바짝 접근한 채 어깨로 상체의 움직임을 제어해 버렸다.

특유의 더티 복싱을 펼치기 위한 사전 공작이었다.

쐐액!

최강철은 자신의 상체를 제어한 허니건의 어깨를 털어내기 위해 몸을 옆으로 틀다가 강한 라이트 훅이 날아오자 급히 허리를 숙였다.

그걸 노렸던 모양이다.

상체를 숙이자마자 송곳 같은 어퍼컷이 올라왔다.

단발이 아닌 콤비네이션 어퍼컷과 쇼트 훅이었다.

피하지 못하고 맞았다.

워낙 순식간에 벌어진 일이었기에 천부적인 반사 신경을 가지고 있었음에도 완벽하게 피할 수는 없었다.

정신이 잠깐 멍해졌으나 몸은 그대로 있지 않았다.

맞는 순간 자신도 모르게 주먹이 놈의 면상을 향해 빛살처럼 날아갔다.

쇼트 공격이라면 누구 못지않게 자신 있었고 정신을 잃을 상황에서도 펼칠 만큼 훈련이 되어 있었다.

그런 자신감이 대미지를 키웠다.

허니건이 이 작전을 펼친 것은 자신의 쇼트 콤비네이션을 충분히 연구했기 때문이라는 것을 간과했고, 그의 더티 복싱이 상상 이상으로 위력적이란 걸 알지 못했기 때문이다.

오른팔이 묶였다.

놈은 교묘하게 자신의 어깨로 몸통을 밀며 오른팔을 제압한 후 위력적인 라이트 훅과 어퍼컷을 날려왔다.

놈의 공격을 막기 위해 왼팔로 가딩을 했으나 소용이 없었다.

머리까지 써서 상체를 틀어막고 공격을 해왔기 때문에 피하는 것이 용이치 않았다.

거의 30초 동안 로프에 묶여 놈의 공격을 받아냈다.

원거리에서 정확한 공격을 한 것은 아니었으나 몸이 묶인 채 계속 공격을 당해 여러 차례 얼굴에 펀치를 허용할 수밖에 없었다.

그럼에도 최강철의 얼굴에서 공이 울리자 웃음이 떠올랐다.

놈이 준비한 것들이 전부 보였기 때문이다.

공이 울리자 최강철은 링의 중앙으로 나가 허니건의 안면을 향해 레프트 잽을 갈기고 우측으로 돌았다.

역시 같은 패턴.

도는 순간 허니건의 레프트 훅이 강력하게 튀어나왔다.

더킹으로 피한 후 뒤로 물러나 전열을 가다듬었다.

원투 스트레이트를 치고 최강철의 몸이 다시 돌았다.

아니다, 돌았다고 생각하는 순간 그의 몸이 숙여지며 미사일 같은 라이트 스트레이트가 폭발했다.

허니건이 최강철의 방향을 잡기 위해 레프트 훅을 던지는 순간이었다.

순간적으로 나온 최강철의 라이트 훅이 정확하게 허니건의 턱에 작렬했다.

콰앙!

허니건의 몸이 턱을 맞는 순간 뒤로 날아가 털썩 주저앉았다.

기다리며 기회를 노리다가 단발로 던진 주먹이 정확하게 얹히며 허니건을 다운시켰던 것이다.

"와아!"

2라운드에서 일방적으로 몰렸던 최강철이 다운을 뺏자 관중들이 함성을 지르며 벌떡 일어섰다.

조금 아쉽다.

약간 비틀어져 맞았기 때문에 허니건이 턱을 흔들며 일어나는 게 보였다.

하지만 이로써 충분하다.

놈의 예봉을 꺾어놨으니 함부로 방향을 제어하기 위해 덤비지는 못할 것이다.

최강철은 여전히 오른쪽으로 돌며 허니건의 레프트 훅이 나오면 여지없이 라이트 훅을 같이 갈겼다.

학습 효과다.

빗맞았으면서도 다운을 당했기 때문인지 허니건의 레프트 훅이 뜸해졌다.

그럼에도 인간의 본능은 무섭다.

최강철을 잡기 위해 지독한 훈련을 했기 때문인지 허니건의 레프트 훅은 습관처럼 방향을 틀지 못하도록 튀어나왔다.

그때마다 최강철의 라이트 훅이 허니건의 안면에 작렬했다.

최강철의 특성은 상대에게 펀치가 들어간 순간 절대 멈추지 않는다는 것이었다.

무섭도록 잔인한 콤비네이션 펀치.

알고도 막지 못한다.

턱이 돌아간 순간 최강철이 파고들며 빛살처럼 빠른 펀치를 연사시켰다.

복부와 안면을 번갈아 때리는 그의 펀치는 눈에 보이지도 않을 정도로 빠르다.

3회에 들어 몇 차례 클린히트가 터지자 허니건의 전진이 주춤했다.

그러나 그 타임은 오래가지 않았다.

방향 제어를 포기했을 뿐 여전히 그의 팬케이크 압박 전술은 멈추지 않았다.

다시 로프까지 끌려들어 간 건 어쩔 수 없는 일이다.

허니건의 발은 듀란보다 빨랐고 연타 능력도 절대 뒤지지 않았기에 결국 종반을 남겨놓고 그의 더티 복싱에 걸려들었다.

관중들의 야유가 쏟아졌다.

상대의 팔을 붙잡고 머리를 맞댄 채 휘두르는 허니건의 공격은 관중들을 열받게 만들기에 충분한 것이었다.

3라운드는 다운까지 뺏었고 공격이 여러 차례 들어갔으니 점수로는 이긴 라운드였다.

제프 카터가 준비해 준 전략대로 움직인 것이 주효했다.

하지만 그것은 원천적인 해결책이 될 수 없었다.

놈이 계속해서 이런 전략을 펼친다면 결국 로프에 몰려 더티 복싱과 싸울 수밖에 없기 때문이다.

*　　　　*　　　　*

"윤 위원님, 최강철 선수가 이긴 라운드였죠. 허니건 선수가 다운을 당한 건 20경기 만에 처음 나온 거 아니겠습니까?"

"그렇습니다. 워낙 강력한 펀치였어요. 예상치 못한 상태에서 맞았기 때문에 금방 일어났지만 충격이 있었을 겁니다. 그 후에도 여러 차례 클린히트가 들어갔잖아요."

"그런데도 맷집이 대단하군요. 마지막 순간에는 최강철 선수를 몰아붙였잖습니까. 보면 볼수록 기분 나쁜 공격 패턴입니다. 저런 더티 복싱은 제재할 방법이 없는 건가요?"

"클린치가 아니기 때문에 레프리가 말리지 않는 겁니다. 더티 복싱도 엄연히 인파이팅의 하나죠. 복싱 팬들은 매우 싫어하지만 그것도 하나의 복싱 기술인 것만은 분명합니다."

"최강철 선수가 로프에 몰리면 제대로 대응을 하지 못하는데요. 계속 이러면 불리해지지 않겠습니까?"

"저도 걱정입니다. 허니건의 팬케이크 압박 스텝은 상대의 체력을 급격하게 저하시키는 효과를 가지고 있어요. 더군다나 허니건은 더티 복싱에 특화된 선수이기에 더욱 우려스럽습니다."

"윤 위원님, 허니건처럼 압박 전술과 더티 복싱을 함께 쓰는 걸 막아낼 방법은 전혀 없는 건가요?"

이종엽이 답답하다는 듯 목소리를 조금 높였다.

15년 동안 복싱 캐스터로 살아왔으니 경기 보는 눈은 전문가 뺨친다.

비록 3라운드에서 다운까지 시키며 우세한 경기를 펼쳤으
나 라운드 종반에 로프로 몰린 것을 생각하면 불안감을 감출
수 없었다.

어떡하든 저 압박 전술과 더티 복싱을 깨뜨리지 못한다면
이 경기는 후반으로 갈수록 고전을 면치 못할 것이다.

그때 윤근모가 그의 질문에 잠시 숨을 들이쉬었다가 천천
히 입을 열었다.

"방법이 전혀 없는 건 아닙니다."

*   *   *

"안 되겠지?"

"효과는 있지만 그것 가지고는 안 될 것 같아요. 이런 식으
로 싸우며 버티면 판정에 유리하겠지만 그건 제 스타일이 아
닙니다."

"할 테냐?"

"하겠습니다. 어차피 성일이가 준비한 전략을 쓸 생각이었
어요. 저는 허리케인이잖습니까. 별명처럼 싸워야죠."

"…질 수도 있다."

"지지 않습니다. 걱정하지 마십시오."

이성일이 준비한 전략은 그만큼 위험하다.

그 전략을 소화하기 위해 집중적으로 준비를 했지만 너무 위험하기에 윤성호의 얼굴이 잔뜩 굳어졌다.

하지만 3라운드 종반처럼 다시 잡히면 계속 어려운 경기를 해야 하고 만약 진다면 허리케인의 명성에 치명적인 오점을 남기게 될 것이다.

몰리다 진다는 건 지금까지 한 번도 생각해 보지 않았다.

최강철의 말대로 허리케인은 상대에게 몰린 적이 없었고 그건 그의 자존심이 허락하지 않았다.

그랬기에 윤성호의 입에서 거친 목소리가 튀어나왔다.

"그래, 하자, 저 새끼가 강하면 얼마나 강하겠어. 안 그러냐, 성일아?"

"당연하죠. 강철이가 더 셉니다. 그래서 만든 전략 아닙니까. 강철아!"

"왜?"

"전략대로 간다. 대신 한 가지는 반드시 조심해야 해. 저 새끼 3라운드에서도 스트레이트를 안 썼어."

"무슨 소린지 알았다."

"가자, 강철아!"

공이 울리자 이성일이 소리를 지르며 링에서 물러났다.

이제부터 진짜 시합이 벌어지기 때문이었다.

공이 울리자 최강철은 스텝의 속도를 줄이고 성큼성큼 허니건을 향해 다가갔다.

허니건이 슬쩍 인상을 썼으나 최강철은 그대로 그의 안면을 향해 미사일 같은 라이트 훅을 던졌다.

가딩에 막혔으나 곧이어 복부를 공략하며 몸통으로 허니건의 몸을 밀었다.

강한 힘이 느껴졌다.

그러나 최강철은 그 힘을 부수며 전진했다.

수많은 적을 침몰시켰던 공포의 콤비네이션 펀치가 작렬하기 시작했다.

한발 물러섰던 허니건이 반격을 하면서 밀어왔으나 최강철은 물러서지 않고 또다시 몸통으로 놈의 상체를 들이박았다.

그런 후 슬쩍 이를 악문 채 자신이 가지고 있는 최대의 스피드를 끌어 올려 펀치를 내갈겼다.

이성일이 제안한 것은 허니건의 팬케이크를 부수기 위해 전진을 하는 것이었다.

뒤로 물러서는 순간 당할 가능성이 컸고 허니건이 지금까지 상대를 압박하는 경기를 해왔다는 것에 착안한 전술이었다.

문제는 최강철의 힘이 허니건의 힘을 깨뜨릴 수 있냐는 것이었다.

그랬기에 미국으로 넘어와 레드불스에서 훈련하며 벽을 미는 연습을 끊임없이 했다.

그 성과가 나타나고 있었다.

처음에는 강하게 버티던 허니건의 몸에서 조금씩 균열이 나타나기 시작했다.

복서가 당황한다는 것은 치명적인 약점으로 변한다.

더군다나 지금까지 이렇게 밀었던 선수가 없었기에 허니건은 자신이 뒤로 밀려나자 당황함을 숨기지 못했다.

당연히 팬케이크 스텝은 깨졌고 그의 공격 패턴도 위력이 반감될 수밖에 없었다.

앞으로 전진하며 던지는 펀치와 뒤로 물러서며 던지는 펀치는 근본적으로 위력 면에서 차이가 있다.

최강철과 상대했던 강자들은 이해할 수 없는 오류를 범하곤 했다.

자신들과 싸우면 최강철이 아웃복싱을 할 것이라는 착각 말이다.

24전을 전부 KO시켰음에도 그들은 자신들의 인파이팅이 더 강할 것이라는 자신감을 가졌는데 그렇게 착각한 이유는 최강철이 수시로 보여준 아웃복싱이 그만큼 인상적이기 때문이었다.

최강철은 강력한 인파이팅을 벌이며 결코 뒤로 물러서지 않았다.

허니건이 미친 듯이 반격을 가해왔지만 계속 뒤로 밀리는 건 그였다.

힘의 차이.

체력에서는 누구에게도 뒤지지 않는다.

허니건의 피지컬이 자신보다 좋다 해도 무섭게 파고들며 펀치를 내갈겼기 때문에 허니건은 백스텝을 밟으며 뒤로 물러섰다.

"와아, 와아!"

관중들이 전부 일어섰다.

최강철 특유의 불꽃같은 인파이팅이 시작되자 관중들은 믿을 수 없다는 얼굴로 함성을 질러댔다.

그들 역시 언론의 말을 철석같이 믿었다.

그동안 언론에서는 허니건과의 대결에서 최강철이 빠른 발을 이용한 아웃복싱을 펼칠 것이라 예상했기 때문에 자신들도 모르게 경기가 그렇게 진행될 것이라 생각했다.

더군다나 3라운드까지 최강철이 아웃복싱을 펼치며 경기를 진행했기에 이런 인파이팅이 벌어질 거라고는 상상도 하지 못했다.

그럼에도 막상 최강철의 인파이팅이 태풍처럼 몰아치자 관중들은 자리에서 일어선 채 괴성을 흘려냈다.

이것이다.

이것을 보기 위해 여기까지 온 것이다.

그들이 최강철을 사랑하는 이유는 그에게 이런 불꽃같은 인파이팅이 있기 때문이었다.

최강철은 뒤로 물러서는 허니건을 향해 폭발적인 콤비네이션 펀치를 작렬시키며 전진했다.

그때 양 훅으로 응사하던 허니건에게서 번개처럼 스트레이트가 터져 나왔다.

사람은 상황에 적응해 나가는 본능이 있다.

4라운드까지 허니건의 강력한 양 훅을 피하다 보니 거기에 맞는 타이밍과 방어 기술이 몸에 익었다.

그런 상태에서 갑자기 스트레이트가 나오자 자신도 모르게 몸이 균형을 잃었다.

쐐액!

정통으로 날아온 스트레이트를 맞고 뒤로 물러섰다.

그 순간을 이용해서 허니건의 신형이 폭발적으로 다가왔다.

팬케이크 스텝도 생략한 무자비한 전진이었다.

물러선 것은 두 발.

후속으로 10여 발의 펀치가 날아왔으나 최강철은 더 이상 물러서지 않고 버티며 놈의 품으로 파고들었다.

그러자 기다렸다는 쇼트 펀치가 쏟아져 나왔다.

허니건은 이런 경우도 대비했던 모양이다.

최강철은 방어에 치중하는 대신 공격을 선택했다.

여기서 다시 물러서면 전략은 깨지게 되고 다시 몰리는 경기를 할 수밖에 없다.

놈의 공격을 받아낸 후 다시 한번 몸통으로 밀며 펀치를 쏟아내기 시작했다.

복부로부터 이어진 펀치가 안면으로 올라갔다가 다시 내려왔다.

순식간에 터진 펀치의 숫자는 10여 발이 넘었다.

하지만 최강철은 그로 그치지 않고 거리를 확보한 후 자신이 가지고 있는 콤비네이션을 전부 갈겼다.

누가 이기나 보자.

나는 더 이상 물러서지 않는다.

그야말로 폭풍 같은 펀치 샤워.

잠시 물러섰을 뿐 최강철은 지옥의 사자처럼 허니건의 전신을 두들기며 끊임없이 전진했다.

고사에 '모순'이란 말이 있다.

어떤 방어도 뚫을 수 있는 창과 어떤 공격도 막을 수 있는 방패.

전혀 말이 안 된다는 뜻을 가진 단어가 바로 모순이다.

철벽같았던 허니건의 방어.

그러나 그 방어는 최강철의 창을 견디지 못하고 서서히 무너지기 시작했다.

빠바바방… 꽉… 파방!

정신을 차릴 수 없는 공격.

최강철은 4라운드 들어 초반부터 공격을 멈추지 않았다.

허니건의 방어가 무너지며 안면이 일그러지기 시작한 것은 경기 중반이 훨씬 지났을 때부터였다.

한번 무너진 방어선은 쉽게 복구되지 않았다.

최강철은 그가 방어선을 복구할 시간을 주지 않고 악마처럼 물고 늘어졌다.

어이없게도 허니건의 신형이 최강철의 전진을 견디지 못하고 코너에 틀어박혔다.

누가 상상이나 해봤겠는가.

카리브해의 악마라 불리며 상대를 곤죽으로 만들던 더티 복싱의 야수가 코너에 처박혀 허우적댄다는 건 꿈속에서조차 상상하지 못했던 일이었다.

그랬기에 관중들은 고함조차 제대로 지르지 못한 채 일방적으로 얻어맞는 허니건을 바라보며 입을 다물지 못했다.

최강철은 코너에 박혀 가드로 얼굴을 막고 있는 허니건을 향해 미사일 같은 쌍포를 아끼지 않았다.

어디 막아봐.

너의 두 주먹으로 가린 얼굴이 얼마나 버티는지 보자.

*　　　　*　　　　*

"아, 아깝습니다. 너무나 아깝습니다! 공이 살렸습니다. 허니건 선수 정신이 없는 것 같습니다. 코너로 돌아가는 걸음이 휘청거립니다!"

"역시 허리케인입니다. 저런 선수를 의심했던 제가 부끄러울 지경입니다."

"저것이 윤 위원님이 말씀하셨던 브레이킹입니까?"

"그렇습니다. 최강철 선수가 4라운드에서 보여준 것이 바로 브레이킹입니다. 하지만 진정 놀랍군요. 허니건 같은 피지컬을 상대로 저런 브레이킹을 보여줄 줄은 정말 상상도 하지 못했습니다."

"저도 허니건이 저렇게 뒤로 밀려날 줄은 생각하지 못했습니다. 최강철 선수 정말 대단합니다!"

"아마 충분한 훈련이 있었던 것 같습니다. 최강철 진영에서 미리 준비했던 게 아닌가 생각됩니다. 그럼에도 직접 눈으로 보니 믿어지지 않는군요."

"지금 관중들은 쉬는 시간인데도 자리에 앉지 못하고 있습니다. 최강철 선수가 보여준 놀라운 인파이팅에 전부 놀란 모습입니다. 자랑스럽습니다! 최강철 선수 계속 선전을 부탁드립니다. 그럼 잠시 광고 보고 돌아오겠습니다."

PD의 사인을 확인한 이종엽이 그때서야 마이크를 내려놓고 정신없이 물을 마셨다.

그가 중계하면서 떠든 말의 횟수는 최강철이 터뜨린 펀치 숫자보다 아마 100배는 더 많았을 것이다.

줄곧 일어나 미친 사람처럼 주먹을 흔들며 중계방송을 했기 때문에 이미 목소리는 갈라졌는데 얼마나 흥분했는지 정신마저 혼미할 지경이었다.

하지만 잠시 숨을 돌린 그의 눈은 초롱초롱 빛나고 있었다.

아직 경기는 끝나지 않았다.

"윤 위원님, 승기를 잡은 것 같죠?"

"아직 몰라. 복싱은 글러브를 벗어봐야 아는 거잖아."

"거참, 속 시원하게 대답 좀 해요. 사람이 어째 맨날 그래요. 이럴 때는 무조건 이긴다고 말해 달란 말입니다!"

4라운드에서 전략이 통했기 때문인지 이성일의 얼굴이 붉게 달아올라 술을 마신 놈처럼 보였다.

물론 윤성호도 마찬가지였다.

그럼에도 그들은 최강철을 향해 끊임없이 잔소리를 했다.

"강철아, 스트레이트 조심하라고 했잖아. 이 자식아, 정신을 어디다 두고 있는 거야!"

"저놈이 안면을 잔뜩 가리니까 복부를 공략해. 복부에 충격을 받으면 가딩이 내려온다는 거 몰라? 꼭 말을 해야 돼?"

"반격을 해올 때 방어도 좀 해, 잘못하면 한 방에 경기가 뒤집힐 수 있단 말이다. 방어, 방어. 알았어?"

"아, 참. 시끄러워 죽겠네."

얼마나 시끄럽게 떠드는지 머리가 다 아플 지경이었다.

그랬기에 공이 울리기도 전에 자리에서 벌떡 일어나 코너를 왔다 갔다 했다.

관중들에게는 그것이 자신감의 표현으로 보였겠지만 순전히 이것은 두 사람의 잔소리 때문이었다.

링의 중앙으로 나가자 허니건이 이를 악물고 튀어나오는 게 보였다.

쉬는 시간 동안 어느 정도 대미지가 회복된 것 같았다.

그 모습을 보면서 입술 끝을 끌어 올렸다.

상처 입은 짐승은 더욱더 포악해지는 법이지만 시간이 지날수록 결국 상처를 견디지 못하고 목숨이 끊어진다.

자신은 어리석은 사냥꾼이 아니었고 그 정도 이빨에 당할 만큼 부드러운 바람이 아니다.

내가 바로 허리케인이기 때문이다.

최강철은 이를 악물고 무차별적으로 펀치를 날려오는 허니건의 공격 예봉을 피하며 우측으로 돌았다.

야수답다.

밀린 것에 대한 보복이라도 하려는 듯 그의 공격은 무차별적으로 이루어지고 있었는데 자신이 가지고 있는 모든 힘을 한꺼번에 쏟아낸 것처럼 그 위력이 막강했다.

하지만 공격의 중간을 차단하며 최강철은 대뜸 그의 품으로 파고들어 몸통으로 들이박았다.

준비하지 못한 놈은 목숨을 내놓아야 한다.

분노로 준비하지 못한 것을 막는다는 건 어리석은 짓에 불과했다.

최강철은 허니건의 상체를 밀어낸 후 다시 공격을 시작했다.

무려 30여 차례의 공격을 퍼부었던 허니건은 최강철이 자신의 공격을 중간에서 끊어낸 후 다시 공격을 시작하자 또다시 물러날 수밖에 없었다.

어이가 없어 눈물이 날 지경이었다.

피지컬에서 차이가 있음에도 최강철의 상체는 강철처럼 자신의 심장에 충격을 주고 있으니 눈으로 보고도 믿기지 않았다.

쾅앙… 쾅… 쾅… 쾨과광!

뒤로 물러서며 반격하는 허니건을 향해 최강철은 압도적인 스피드로 연타를 갈겼다.

놈은 생명을 단축시키기라도 하려는 듯 뒤로 물러서면서 펀치를 내고 있었다.

인파이터가 뒤로 물러나며 펀치를 낸다는 건 지옥으로 들어가는 입구에 섰다는 뜻이다.

4라운드처럼 완벽한 가딩을 한 채 방어를 하며 반격을 노렸다면 더 많은 시간이 필요했겠지만 이렇게 안면을 노출시켰으니 이제 목숨을 끊어버리는 건 시간문제였다.

허니건의 펀치가 나오는 순간 비어 있는 안면을 향해 최강철의 주먹들이 연달아 꽂혔다.

양 훅에 이은 왼쪽 복부, 그리고 라이트 스트레이트까지 깨끗하게 터졌다.

혹자는 최강철의 펀치력이 약하다고 했지만 그것은 맞아보지 않은 놈들이나 하는 말이다.

그걸 펀치에 당한 허니건이 증명해 주었다.

순식간에 안면을 강타당한 허니건의 몸이 술에 취한 것처럼 비틀거리다 고꾸라졌다.

레프리가 코너를 가리키는 걸 보며 뒤로 천천히 물러섰다.

뒤로 물러나 버둥거리는 허니건의 모습을 바라보았다.

힘들게 일어나 글러브를 치켜 올리고 있었으나 이미 대미지로 인해 정신이 없는 모습이었다.

레프리가 경기를 다시 시작하라는 신호를 보며 천천히 앞으로 다가갔다.

그가 다가가자 허니건이 미친놈처럼 펀치를 날려왔다.

억울했을 것이다.

기자들에게 동양의 조그만 애송이라며 무시했던 놈에게 당했다는 것이 너무나 분했겠지.

하지만 허니건.

너는 처음부터 상대를 잘못 봤어.

나는 애송이가 아니라 너를 잡아먹기 위해 오랫동안 기다렸던 악마다.

휘청거리는 허니건의 안면을 향해 최강철은 작정한 듯 레프트 잽에 이은 라이트 스트레이트를 갈겼다.

그 무엇도 막을 수 없다던 천고의 병기 롱기누스의 창처럼 강력한 일격이었다.

쾅앙!

펀치를 맞은 허니건의 몸이 고목나무처럼 옆으로 쓰러지는 걸 보며 최강철은 미련 없이 몸을 돌렸다.

세계 웰터급 통합 챔피언.

그 꿈이 드디어 이루어지는 순간이었다.

제41장
위대한 도전

"최강철 선수, 또다시 접근합니다. 원투 스트레이트! 다시 복부로 내려갑니다. 그야말로 눈부시도록 빠른 공격입니다. 허니건, 물러섭니다. 악! 맞았습니다! 최강철 선수의 강한 콤비네이션이 허니건의 안면을 흔들어놨습니다! 반격하는 허니건. 역시 허니건 선수 대단합니다. 뒤로 밀리면서도 절대 그냥 물러서지 않습니다. 허니건 선수, 무차별적으로 펀치를 쏟아냅니다. 더킹과 위빙으로 피하는 최강철, 크로스 카운터, 라이트 훅, 맞았습니다! 허니건, 다운입니다! 허니건이 쓰러졌습니다! 정확하게 들어갔습니다. 정확하게 들어간 펀치였습니다! 레프리, 카운터를 셉니다. 윤 위원님, 깨끗한 연타가 네 차례나 들어갔죠. 충격이 큰 것 같지 않습니까!"

"옆으로 쓰러졌어요. 복서가 옆으로 쓰러진다는 건 상당한 충격을 받았다는 겁니다. 보십시오! 정신을 차리지 못하잖아요."

"일어났습니다! 허니건, 대단한 맷집입니다. 그러나 아직 대미지에서 회복하지 못한 모습입니다. 레프리, 다시 경기를 재개시킵니다. 다가서는 최강철. 허니건, 좌우 양 훅, 스트레이트! 반격입니다. 우측으로 돌아나간 최강철, 레프 잽, 아… 악! 라이트 스트레이트, 무서운 라이트 스트레이트가 허니건의 안면에 작렬했습니다! 쓰러지는 허니건, 일어나지 못합니다! 만세! 고국에 계신 국민 여러분, 최강철 선수가 이겼습니다! 통합 웰터급 세계 챔피언에 올랐습니다! 기뻐해 주십시오. 대한민국의 영웅, 최강철 선수가 세계를 제패했습니다!"

이종엽이 왼팔을 번쩍 든 채 펄쩍펄쩍 뛰었다.

관중들은 이제 전부 미친놈들처럼 자리에서 일어나 허리케인을 연호하고 있었다.

한국 중계석 옆에서 중계하고 있던 일본 캐스터와 해설자도 자리에서 벌떡 일어나 있었는데 잔뜩 흥분한 채 놀라움을 숨기지 못하는 중이었다.

일본 언론들은 엔도가 진 것에 대한 분풀이를 하듯 미국

도박사들의 배팅 결과와 전문가들의 예상을 인용하며 줄곧 허니건의 승리를 대대적으로 보도했다.

그랬기 때문인지 일본 중계진을 바라보는 이종엽의 어깨는 하늘을 향해 바짝 올라갔다.

크크크… 이 새끼들아, 봤냐. 봤어?

저기 위에서 두 팔을 번쩍 들고 당당하게 걷는 놈이 바로 최강철이다.

대한민국의 영웅, 최강철이란 말이다.

어때, 부럽지. 아마 부러워서 죽을 지경일 것이다.

*   *   *

서지영은 클로이와 수잔, 그리고 황인혜와 함께 링 사이드에서 시합을 관전했다.

링과 바로 인접된 자리는 아니었으나 최강철에게 배분된 초대권이었으니 앞에서 다섯 번째 줄이라 링 위에서 싸우는 선수들의 숨소리까지 들렸다.

경기장에 들어와 시합이 시작될 때까지 눈을 감고 최강철의 승리를 간절히 기도했다.

오랜 세월을 같이 지내오면서 그가 어떤 생각과 꿈을 가지고 있는지 자연스럽게 알 수 있었다.

그는 바람처럼 자유스러운 사람이었다.

돈에 대한 욕심도 없었고 명예욕과 인간이 가지고 있는 추악한 감정들에 초연한 모습을 보여주었다.

그러나 단 한 가지, 복싱만큼은 예외였다.

그가 부상을 당해서 가슴이 아플 때마다 물었다.

엄청난 부를 가진 당신이 왜 이토록 힘든 운동을 하냐며 만류했다.

그때마다 최강철은 그녀의 머리를 매만지며 이렇게 말했다.

"내 삶에서 유일한 욕심은 권투로 세계 최강이 되는 것뿐이야. 만약 내가 그 욕심마저 버린다면 무슨 의미로 세상을 살아가겠어. 지영 씨, 그러니 내가 그 욕심을 이룰 때까지 그냥 지켜봐 줘."

그래서 말리지 못했다.

그의 눈에 들어 있는 열망, 그것은 그녀가 처음 보는 것이었다.

이제 그 종착지까지 왔다고 생각하자 너무나 가슴이 떨렸다.

그가 이기기를 바란 것은, 졌을 때 그가 겪어야 할 고통의 깊이가 감당하지 못할 만큼 크다는 걸 알기 때문이었다.

경기가 시작되고 최강철이 밀릴 때도 몸을 벌벌 떨었지만 전세가 역전되어 최강철이 공격할 때도 그 떨림은 멈추지 않았다.

기어코 허니건이 쓰러져 일어나지 못하는 걸 보며 클로이와 수잔이 끌어안았으나 그녀들을 뿌리치고 링으로 달려 나갔다.

눈물이 쏟아져 나왔다.

사랑하는 사람의 꿈이 이루어졌다는 감동은 그녀의 정신을 마비시켜 전혀 예상치 못했던 행동을 하도록 만들었다.

승리를 기뻐하며 링을 누비던 이성일이 코너에 서 있는 그녀를 발견한 것은 본격적으로 최강철을 목말 태우기 위해 채비를 할 때였다.

"지영 씨, 들어와도 돼요!"

코너에서 못 들어오도록 막는 경호원을 제치고 이성일이 손을 내밀어 그녀를 최강철에게 데려다주었다.

최강철에게 다가간 그녀는 흘러내리는 눈물을 닦지도 못한 채 그대로 가슴을 향해 뛰어들었다.

"강철 씨, 수고했어. 정말… 수고했어. 축하해."

"울지 마. 바보같이 왜 울어."

최강철이 빙그레 웃으며 그녀의 등을 토닥여 주었다.

수많은 기자가 그 장면을 찍었다.

대박이다.

그동안 꽁꽁 숨겨져 있던 최강철의 연인이 나타나자 기자들은 두 사람의 포옹 장면을 찍기 위해 미친 듯이 플래시를 터뜨렸다.

최강철은 승리의 기쁨을 숨기지 않았다.

서지영을 링에서 내려 보낸 후에도 오랫동안 링에 머물며 사람들의 축하를 받았다.

돈 킹은 불쑥 다가와 그의 몸을 안았는데 얼마나 기뻤는지 눈물까지 글썽였다.

그의 심정을 알기에 말없이 다가온 돈 킹을 뜨겁게 안아주었다.

과거의 영광을 뒤로하고 돈 킹이 보유한 슈퍼스타는 최강철이 유일했다.

그럼에도 그는 최근 몇 년 동안 막대한 돈을 벌어들였다.

웰터급 최고의 스타로 올라선 허리케인의 인기는 과거 전성기 시절의 레너드에 비해 전혀 뒤지지 않을 만큼 대단했다.

허리와 양어깨에 걸린 세 개의 챔피언 벨트.

최강철을 바라보는 그의 시선은 감격 그 자체였다.

링 아나운서가 다가온 것은 장내가 어느 정도 정리되었을 때였다.

"허리케인, 축하드립니다. 정말 대단한 경기였습니다."

"감사합니다."

"전혀 예상치 않은 경기 결과였습니다. 전문가들은 허리케인이 아웃복싱으로 경기를 풀어갈 거라 예상했는데요?"

"저는 강력한 인파이팅을 지닌 허니건과 정면 대결을 하고 싶었습니다. 그리고 이겼습니다. 이 자리에서 다시 한번 말씀드리지만 허리케인은 그 누구와 싸워도 비겁하게 도망가는 짓은 하지 않습니다."

"허니건 선수의 펀치는 어땠습니까?"

"맞을 때마다 충격을 받을 만큼 강력한 주먹을 가지고 있더군요. 허니건은 훌륭한 선수입니다."

"앞으로의 계획은 있습니까?"

"있습니다."

"어떤 계획인지 말씀해 주실 수 있을까요?"

최강철의 대답에 링 아나운서의 표정이 급격히 긴장 속으로 빠져들었다.

마지막 질문은 의례적인 것이었다.

대부분의 선수는 이런 질문을 던지면 당분간 쉬면서 생각해 볼 거라는 대답을 했는데 허리케인은 조금도 망설이지 않았다.

더 재밌는 점은 최강철이 자신의 마이크를 빼앗아 들고 토머스 헌즈가 앉아 있는 링 사이드로 걸어갔다는 것이었다.

"헌즈, 오늘 내 경기가 어땠습니까?"

최강철의 질문에 헌즈가 어이없다는 웃음을 흘려냈다.

하지만 카메라가 다가오자 엄지손가락을 치켜들어 잘했다는 표시를 해왔다.

최강철의 입이 다시 열린 것은 그의 손가락을 확인한 후였다.

"저는 제가 원하던 대로 통합 타이틀 챔피언이란 명예를 손에 넣었습니다. 하지만 제 꿈은 누차 말한 것처럼 현존하는 강자들과 원 없이 싸우는 것입니다. 헌즈! 이 자리에서 대답해 주시기 바랍니다. 나는 당신이 받아들인다면 웰터급 통합 타이틀 챔피언이란 영광을 뒤로하고 당신이 가지고 있는 슈퍼 웰터급 챔피언 벨트에 도전하고자 합니다!"

최강철의 폭탄선언에 자리에 앉아 있던 관중들이 동시에 박차고 일어나 함성을 질렀다.

그들은 경기가 끝났음에도 여운을 즐기며 최강철의 인터뷰를 보기 위해 퇴장하지 않고 있었는데 최강철이 주먹을 들어 헌즈를 가리키며 도전 의사를 밝히자 광란 속으로 빠져들었다.

'디트로이트의 코브라', '히트 맨'이란 별명을 가진 토머스 헌즈는 비록 지금은 한 체급 위에서 활동하고 있지만 불과 3년

전까지 레너드, 듀란과 함께 웰터급을 이끌며 황금 체급을 만들어낸 주역이었다.

살아 있는 전설 레너드와 1승 1무를 기록했으나 마지막 결전을 앞두고 레너드가 은퇴하는 바람에 진정한 승부를 가리지 못했고, 듀란을 불과 3회 만에 쓰러뜨렸으며 지금은 슈퍼 웰터급 챔피언으로 4차 방어전까지 성공한 절대 강자였다.

그의 장신에서 뿜어내는 펀치는 상대의 목숨을 끊어놓을 정도로 강력해서 전문가들은 그의 라이트 스트레이트를 보고 살인 병기라 부를 정도였다.

하지만 그의 가장 결정적인 무기는 '플리커 잽'이었다.

가드를 내린 상태에서 전혀 예상치 못한 방향과 각도로 낫처럼 휘두르는 그의 레프트 잽은 상대에겐 공포나 다름없었다.

복싱에서 체급을 나누는 이유는 체중에서 터져 나오는 펀치력이 다르기 때문이다.

의사들의 말에 따르면 체중이 크건 적건 펀치의 흡수력, 즉 대미지를 받는 건 비슷하나 펀치력은 체중에 비례해서 기하급수적으로 달라진다고 한다.

즉, 체급이 다른 상대와 싸운다는 건 일단 불리한 조건을 떠안고 싸운다는 걸 의미했다.

물론 체중을 늘리는 방법도 있으나 복서에게는 적정 체중이라는 것이 있다.

그것은 운동하기 위한 최적의 체중을 말하는 것인데 무리하게 체중을 늘리는 건 오히려 훨씬 더 안 좋은 결과를 가져오게 된다.

헌즈가 체급을 올려서 성공할 수 있는 것은 그가 지닌 피지컬이 슈퍼 웰터급에 어울릴 정도로 훌륭했기 때문이다.

185㎝의 장신에 리치의 길이가 무려 205㎝에 달하는 그의 피지컬은 웰터급보다 슈퍼 웰터급이 이상적인 체급이라는 게 전문가들의 평이었다.

그런 사정은 관중들이 더 잘 알고 있었다.

헌즈를 비롯해서 현존하고 있는 복싱 영웅들의 특성은 이곳에 모인 관중들이라면 대부분 알고 있는 것들이었다.

관중들이 광란 속에서 즐거워한 것은 최강철의 퍼포먼스가 너무나 즐거웠기 때문이지 실제로 경기가 벌어질 거란 기대를 했기 때문이 아니었다.

이제 막 통합 챔피언에 오른 최강철이 뭐가 아쉬워서 체급까지 올리면서 불리한 싸움을 한단 말인가.

더군다나 상대는 현재 슈퍼 웰터급을 씹어 먹고 있는 토머스 헌즈였다.

그랬기에 더욱더 즐거워했다.

위대한 챔피언이 탄생한 이곳에서 이런 해프닝을 볼 수 있는 건 여흥거리로 더없이 훌륭한 것이었다.

그때 텔레비전의 화면이 바뀌며 토머스 헌즈의 모습이 나타났다.

중계진이 자리에서 일어나는 토머스 헌즈의 모습을 급히 잡은 것이었다.

"허리케인, 너의 도전을 받아주겠다. 나는 스스로 죽기 위해 안달하던 도전자들을 한 번도 용서한 적이 없어. 언제든지 좋다. 네가 원하는 날짜를 정해서 통보해 주면 무조건 싸워주마. 덤벼라, 허리케인!"

경기가 끝난 후 긴장감을 가라앉힌 이종엽과 윤근모는 서지영이 링 위로 들어오는 것을 보며 얼굴에서 웃음꽃을 감추지 못했다.

최강철의 연인이 있다는 것은 공공연한 비밀이었기 때문이다.

그럼에도 그들이 즐거워한 것은 지금이 승리의 축제를 벌이는 순간이었고 나타난 서지영의 외모가 더없이 아름다웠기 때문이다.

하지만 그들의 안색이 급격하게 어두워지기 시작한 것은 최강철의 폭탄 발언이 터진 후였다.

말도 안 되는 소리다.

그랬기에 그들은 최강철의 말을 주워 담기 위해 안간힘을 쓰기 시작했다.

"하하하… 최강철 선수, 링 아래에 있는 헌즈에게 농담을 건네는군요. 헌즈도 마주 웃습니다. 윤 위원님 헌즈의 얼굴이 무척 밝게 보이는군요."

"그렇습니다. 그 역시 오늘 경기를 보면서 무척 만족했을 겁니다. 이런 화끈한 인파이팅은 쉽게 볼 수 없는 거 아니겠습니까?"

"이제 최강철 선수는 충분한 휴식을 취해야겠죠. 언제가 될지 모르겠지만 다가오는 방어전이 무척 기대되는군요."

"저 역시 마찬가집니다. 지금 최강철 선수가 헌즈와 싸우겠다는 건 농담에 지나지 않는 거예요. 저는 최강철 선수가 15차 정도 방어전을 성공해 주었으면 좋겠습니다."

"그럼요. 최강철 선수라면 충분히 가능할 겁니다. 어… 어!"

이종엽이 윤근모의 말을 받으며 웃음을 흘려내다가 갑자기 화면에 잡힌 헌즈의 얼굴을 확인하고 말을 잇지 못했다.

장내 마이크를 통해 헌즈가 최강철의 도전을 받아들이겠다는 말을 했기 때문이다.

저런, 미친 새끼.

이종엽과 윤근모는 한동안 헌즈의 말을 들은 후 입을 떠억 벌린 채 침묵을 지켰다.

헌즈가 자리에 일어나 언제든 상관없다며 시합에 응하겠다는 반응을 보이자 특설 링에 가득 찼던 관중들의 반응이 서서히 달라지기 시작했다.

그러고는 갑자기 고함이 터져 나오며 후끈 달아올랐다.

"싸워라, 우린 너희들의 경기를 보고 싶다!"

"허리케인, 이 기회에 헌즈까지 박살 내자!"

"너희들이 싸우면 난 돈에 상관없이 무조건 보러 온다. 허리케인, 파이팅!"

지랄도 풍년이다.

이종엽은 그랜드호텔 특설 링을 가득 채운 관객들의 반응을 보면서 두 눈을 부릅떴다.

싸우긴 뭘 싸워, 이 병신들아!

복싱이 개싸움이냐. 체급도 맞지 않는데 싸우라는 게 말이나 된다고 생각해?

이 새끼들아, 너희들에게는 허리케인이 즐거움을 주는 존재에 불과하겠지만 우리에게는 더없이 소중한 영웅이란 말이다.

관중들의 말을 들은 이종엽의 입에서 기분 나쁘다는 듯 거친 말투가 쏟아져 나왔다.

"관중들이 말도 안 되는 소릴 하고 있습니다. 물론 싸울 수도 있겠죠. 하지만 싸우기 위해서는 헌즈가 체중을 내려서 싸워야 합니다. 최강철 선수가 갑자기 몸을 불려서 싸울 수는 없는 거 아닙니까. 미국 관중들은 이런 사실을 전혀 생각하지 못하는 것 같습니다."

"당연한 말씀입니다. 이건 그냥 해프닝에 불과한 일이에요. 절대 두 사람의 시합은 벌어지면 안 됩니다. 복싱은 비슷한 조건에서 벌어져야 공정한 거죠. 그러니까 이런 불리한 시합은 절대 성사되면 안 되는 겁니다!"

*   *   *

링에서 내려와 라커룸으로 들어왔을 때 돈 킹이 숨을 헐떡거리며 달려 들어와 최강철을 불렀다.

그의 안색은 하얗게 변해 있었는데 최강철의 폭탄선언을 미리 알지 못했기 때문이다.

물론 약속은 한 적이 있다.

진정한 통합 챔피언에 오르면 헌즈와의 대결을 위해 벨트를 벗어 던지겠다는 말을 그의 면전에서 분명히 했었다.

하지만 그때는 치기라고 생각했다.

IBF에 이어 WBA 타이틀까지 획득하자 강자들과 대결해 보고 싶다는 욕심이 그런 치기를 만들어냈다고 판단하며 그저 말없이 고개를 끄덕여 주었다.

시간이 지나면 상황을 인식할 거라 판단했다.

최강철은 이제 25전을 치른 베테랑이었고 그가 오늘 이룬 영광이 얼마나 대단한 것인지 다른 누구보다 잘 알 거라 믿었다.

그랬기에 예전에 했었던 말은 그냥 지나가는 바람 정도로 여기며 마음껏 최강철의 승리를 기뻐했다.

링 아나운서와의 인터뷰를 들으며 기절할 뻔했다.

누가 시킨 것도 아닌데 스스로 헌즈를 겨냥하며 싸우자는 말을 하는 순간 마이크를 뺏어 던지고 싶다는 마음이 들었다.

안 된다.

그것은 절대 안 되는 짓이다.

"헉헉… 톰슨, 기자들 못 들어오게 해!"

라커룸으로 들어선 돈 킹이 뒤따라 들어온 톰슨을 향해 소리를 버럭 질렀다.

톰슨이 그의 말을 듣고 라커룸의 걸쇠를 부랴부랴 잠근 후에야 숨을 몰아쉬었다.

난리다.

뒤를 따라온 기자들이 문을 열어달라며 두드리는 소리가 천둥처럼 울려 퍼졌다.

그 소리를 들으며 돈 킹의 입이 급하게 열렸다.

"허리케인, 자네 미쳤나!"

"왜 그러십니까?"

"수많은 사람이 보는 앞에서 그런 소리를 하면 어떡하나. 관중들은 단순해서 자네 말을 믿는단 말이야!"

"돈 킹 씨, 나는 그냥 해본 말이 아닙니다. 이미 말씀드렸던 내용이고 돈 킹 씨도 인정한 내용 아닙니까?"

"자넨 이제 통합 챔피언에 오른 사람일세. 그런데 뭐가 급해서 그리 서두른단 말인가. 일이란 건 순서가 있는 법이야."

"그 순서가 바로 지금입니다."

"자네의 인기는 지금 하늘을 찌를 정도라서 방어전을 치를 때마다 천만 달러 이상은 벌어들일 수 있어. 그런데 헌즈와 싸우려는 이유가 뭔가?"

"내가 싸우고 싶으니까요. 그는 강한 사람입니다. 그리고 저는 헌즈를 이기고 싶습니다."

"헌즈와 싸우지 않는다고 해서 자네를 약자라 생각할 사람은 아무도 없네. 자네는 웰터급에서 최강의 자리를 차지한 사람일세. 그것만으로도 자네의 영광은 흘러넘쳐. 그러니 허리케인, 저 문을 열면 나머지는 나에게 맡겨주게. 기자들은 내가 알아서 상대하겠네."

"아뇨, 그렇게 하지 않을 겁니다. 돈 킹 씨, 다시 말씀드리지만 저는 헌즈와 싸울 겁니다. 헌즈와의 경기를 추진해 주십시오."

"이봐!"

"제 뜻은 명확합니다. 돈 킹 씨, 내가 돈 킹 씨와의 의리를 끝까지 지킬 수 있도록 해주세요. 돈 킹 씨가 계속 반대한다면 어쩔 수 없이 다른 프로모터를 내세울 수밖에 없습니다. 설마 내가 그렇게 하기를 바라는 건 아니겠죠?"

최강철이 강한 눈빛으로 바라보자 얼굴이 잔뜩 붉어진 돈 킹의 얼굴이 윤성호와 이성일에게 향했다.

그는 어떡하든 이 시합을 말리고 싶었던지 물에 빠져 가까이 떨어져 있는 통나무를 애써 잡으려는 사람처럼 간절한 눈빛으로 두 사람을 바라보았다.

"미스터 윤, 뭐라고 말 좀 해. 자네들 왜 이러는가? 허리케인을 말리지 않고 왜들 그렇게 가만히 서 있어!"

"돈 킹 씨, 강철이의 뜻이 우리 뜻입니다. 우리는 헌즈와 싸울 겁니다. 져도 좋소. 남자가 한번 야망을 가졌으면 끝장을 봐야 하는 거 아닙니까. 그러니 강철이 말대로 추진해 주세요. 우린 갈 데까지 가보렵니다!"

대한민국 국민들의 반응은 누구나 똑같았다.

최강철이 허니건을 KO로 누르고 통합 챔피언에 오른 순간 대한민국 전체가 들썩일 정도의 환호성이 터져 나왔다.

사람들은 만세를 불렀고 어떤 사람들은 너무 흥분해서 추운 날씨에도 불구하고 러닝 차림으로 펄쩍펄쩍 거리를 뛰어다

니기까지 했다

그러나 경기 후에 가진 인터뷰를 듣는 순간 국민들은 전부 놀라서 말을 제대로 잇지 못했다.

헌즈와 싸운다는 건 자살행위라고 생각했기 때문이다.

말도 안 되는 일이다.

수많은 난관을 뚫어내고 이제 막 통합 챔피언에 오른 최강철이 갑자기 왜 헌즈 같은 놈과 싸운단 말인가.

몇 번 비슷한 이야기를 한 적이 있으나 해프닝이라 생각했고 이번에도 그런 차원에서 빚어진 일이라 생각하며 그냥 넘어가고 싶었다.

하지만 경기가 끝난 3일 후 돈 킹이 기자회견을 통해 최강철과 헌즈의 경기 추진을 발표하자 대한민국 국민들은 벌 떼처럼 일어나 절대 불가를 외쳤다.

승리의 축제에 빠져 있던 대한민국은 그때부터 혼란에 빠져들었다.

사람들이 먼저 광분했고 언론이 그 뒤를 이었다.

체급이 차이 나는 상태에서는 이뤄질 수 없는 경기라며 거품을 물었고, 만약 한다 해도 공정한 시합을 위해 헌즈가 체급을 내려야 한다는 주장이 난무하기 시작했다.

압박이다.

만약 헌즈와의 전쟁이 벌어진다 해도 절대 불리한 조건에서는 경기를 할 수 없다는 국민들의 소망을 담아 언론은 최강철과 돈 킹을 압박했다.

그들의 논조는 간절하면서도 강경했다.

어떤 신문에서는 최강철에게 보내는 편지까지 실렸는데 모든 사람이 기사를 보고 고개를 끄덕이며 동의를 표했다.

당신은 우리의 영웅입니다. 영웅은 혼자 생각하고 혼자 판단해서는 안 됩니다. 영웅이란 존재는 모든 사람의 존중과 사랑을 받기에 사회적 동의를 얻은 후에야 결정을 내릴 수 있는 것입니다. 그러니 최강철 선수, 헌즈와의 대결은 절대 불가합니다…….

이런 논조였다.

물론 대부분의 신문과 방송들이 한목소리를 냈다.

국민들의 의견을 담아 보도하는 그들의 행동은 여러 각도로 분석되고 판단되는 정치 기사와 판이하게 달랐다.

결론은 하나.

절대 헌즈와 싸우면 안 된다는 것이 모든 국민의 뜻이었다.

"머리에 쥐 난다, 쥐나!"

"이걸 어쩌면 좋냐, 최강철 이 자식 잠수를 타버렸다네."

"설마 정말 하겠어. 주변에 있는 놈들이 전부 말릴 텐데?"

"야, 그럼 돈 킹이 왜 그런 기자 인터뷰를 했겠냐. 뭔가 상의를 했으니 그런 인터뷰를 했을 거 아냐?"

일간스포츠의 김동영과 스포츠조선의 조규성이 커피를 마시면서 한숨을 길게 흘려냈다.

미국 현지까지 날아가 최강철의 통합 타이틀전을 취재하고 돌아온 다음 날 돈 킹의 폭탄선언이 터져 나왔다.

박살이 났다.

데스크에서는 그런 낌새도 눈치 못 채고 돌아왔냐며 방방 떴는데 말로는 안 했지만 나가 죽으라는 시선이 국장의 눈에서 레이저 빔처럼 쏘아져 나왔다.

이런, 젠장.

원래 출장 계획이 그렇게 되어 있었고 비행기 표도 이미 예약된 상태였는데 돌아오지 않으면 거기서 굶어 죽으라고!

속으로는 변명할 말들이 산더미처럼 쌓여 있었지만 결국 아무런 말도 하지 못했다.

복싱 담당 기자가, 그것도 미국에 있으면서 그런 것도 모른 체 돌아왔다는 것은 입이 열 개라도 할 말이 없는 것이었기 때문이다.

"씨발, 우리 대빵은 지금 당장 짐 싸서 가란다. 아무래도 내일 넘어가야 될 것 같아."

"온 지 얼마나 됐다고 다시 가. 그래도 우리 국장은 그런 소리 안 하던데?"

"허이구, 그게 좋은 거냐? 당분간 그것 때문에 난리도 아닐 텐데 차라리 넘어가는 게 낫지. 눈치 보면서 사무실에 어떻게 앉아 있어. 보내달라고 그래, 거기서 죽겠다면서 전의를 불태우면 혹시 아냐 논개 대우 해줄지?"

"안 돼, 이번 주 금요일에 우리 딸 생일이야. 작년에도 못 챙겨줘서 이번에는 반드시 같이 있어줘야 한다고."

"맘대로 하세요."

"그런데 가면 뭐 하냐? 어차피 최강철 그놈 몸을 감췄다잖아. 가서 손가락만 빨고 오면 더 묵사발 나는 거 아냐?"

"그래도 가야 해. 아까 말했잖아. 죽어도 거기서 죽어야 마음이 편하다고."

"거참, 우리 신세가 왜 이 모양이냐."

김동영이 한숨을 길게 내리쉬면서 창밖을 멀건이 바라보았다.

딸 생일 때문에 안 가겠다고 버텼지만 막상 조규성이 당장 내일 떠난다고 하자 마음이 답답해져 왔다.

기자의 생명은 취재다.

취재를 하지 못하는 기자는 숨이 끊어진 시체에 불과하고 그런 시체를 위해 월급을 줄 회사는 없다.

그랬기에 머릿속이 실타래가 엉킨 것처럼 복잡해졌다.

조규성의 입이 슬그머니 열린 것은 김동영이 창밖을 바라보던 시선을 돌려 커피를 마실 때였다.

"야, 김 기자. 정말 헌즈랑 붙으면 어떨까?"

"말도 안 되는 소리 하지 마. 지금 국민들 분위기 알면서 그런 소릴 하냐. 누가 들으면 맞아 죽어!"

"최강철이 하고 싶다잖아. 아닌 말로 못 할 게 뭐 있어. 헌즈는 뭐, 사람 아니냐?"

"너 걔가 쿠에바스랑 싸우는 거 보고 하는 소리냐?"

"봤지."

"그런데도 그런 소리가 나와? 그때 쿠에바스가 어떤 놈이었냐. 내리 열 놈을 쓰러뜨리면서 그중 두 놈의 턱을 박살 내고 있었을 때야. 그런 놈이 쪽도 못 쓰고 헌즈한테 맞아 죽었어. 그것뿐이냐? 레너드하고 싸울 때 그놈이 14라운드만 버텼으면 이긴 경기였어. 두 번째 경기는 무승부였지만 헌즈가 이긴 경기였는데 심판들 장난질에 이상한 판정이 난 거고. 헌즈가 듀란 때려 부술 때 기억 안 나?"

"그만해라."

"절대 헌즈랑 붙으면 안 돼. 최강철이 무시무시한 놈이란 건 알지만 지금까지 상대했던 놈들과 헌즈는 격이 달라."

"쳇, 그냥 해본 소리였어. 나라고 최강철이 지기를 바라겠냐. 하도 답답하니까 해본 소리지."

"그만 일어나자. 너 내일 떠나야 한다며?"

"그렇잖아도 일어날 생각이었다."

헛기침을 두 번 한 조규성이 남아 있는 커피를 원 샷으로 때리고 자리에서 일어났다.

이제 가면 김영호의 얼굴은 오랫동안 보지 못할 것이다.

미국으로 가는 순간, 최강철이 시합을 포기했다는 소식이 들려올 때까지 거기서 죽치고 있어야 하기 때문이다.

세계가 시끄러웠다.

돈 킹의 발표가 있었던 그날부터 기자들은 최강철의 행적을 쫓느라 온 사방을 헤매고 다녔다.

뉴욕에 남아 있던 윤성호와 이성일은 기자들에게 최강철의 행적을 알려주지 않으며 묵비권을 행사했다.

그때 최강철은 서지영과 함께 하와이로 날아간 상태였다.

그는 돈 킹의 별장에서 머물렀는데 거기서 서지영으로부터 마이다스 CKC의 추진 내역을 보고받으며 휴식을 취했다.

한국에서는 헌즈와 싸우면 안 된다는 여론이 형성되며 난리가 났기 때문에 수많은 기자가 그를 쫓는다는 걸 알았지만 그는 기자들을 만날 생각이 없었다.

어차피 만나봐야 같은 이야기만 반복할 뿐이다.

시간이 지나면 모든 것이 해결된다.

이제 남은 것은 돈 킹이 얼마나 열심히 움직여서 헌즈와 경기 일정을 잡느냐는 것뿐이었다.

절대 포기할 생각이 없었다.

그리고 진다는 생각도 가져본 적이 없다.

헌즈가 대단한 선수라는 건 인정하지만 그렇다고 해서 싸우는 것을 포기할 정도로 두려워하지 않았다.

싸운다, 나는 어떤 일이 있어도 싸운다.

서지영의 보고에 따르면 그의 자산은 4천만 달러를 빼서 한국에 투자했음에도 또다시 늘어 7억 달러를 돌파하고 있었다.

가장 무서운 건 시스코였다.

시스코는 91년 한 해 동안 무려 2억 달러의 순수익을 올렸는데 매출액은 무려 7억 달러를 돌파하고 있었다.

거기에 윈도우의 약진도 시작되었다.

최강철의 도움을 받아 비약적으로 진화된 윈도우는 출시한 지 불과 8개월 만에 500만장이 팔려 나가는 기록을 달성했다.

워낙 큰 투자액이 들어갔기에 장당 30달러라는 높은 가격을 책정했음에도 멀티태스킹 기능과 마우스 기능이 대폭 진화한 윈도우는 불티나게 팔려 나갔다.

하지만 이건 시작에 불과하다는 걸 최강철은 너무나 잘 알고 있었다.

앞으로 윈도우는 몇 년 후 그에게 원하는 대로 모든 걸 할 수 있는 날개를 달아줄 것이다.

델 컴퓨터의 매출액도 시간이 갈수록 증가했고 주가의 상승 역시 폭발적으로 움직였다.

이런 상태가 지속된다면 그의 자산은 눈덩이처럼 계속 불어날 수밖에 없다.

하와이의 평균 기온은 23도다.

우리나라의 여름 날씨와 비슷했기에 최강철은 수영복 차림으로 서지영과 함께 선 베드에 누워 맥주를 마셔며 시간을 보냈다.

파란 하늘, 그리고 넓은 수영장이 주는 여유로움.

그리고 사랑하는 사람까지.

이런 편안함이 얼마만인지 모른다.

다시 돌아온 후 정신없이 사느라 제대로 휴식을 취하지 못했다.

세상에는 수없이 많은 고민과 불행이 있다지만 지금 이 순간만은 주변의 모든 것을 잊은 채 이대로 모든 것을 내려놓고 싶었다.

그러나 시간이란 괴물은 상황을 변하게 만들어 어쩔 수 없이 하와이에서의 꿈같은 시간을 중단해야 했다.

한 달여가 지나자 헌즈와의 대결 때문에 들끓었던 언론과 국민들의 여론은 잠잠해졌으나 이번에는 대형 정치 비리 사건이 터지며 대한민국을 발칵 뒤집었다.

하지만 대어들은 전부 빠져나갔고 잔챙이들만 이름이 거론되었다.

김도환은 그가 미국으로 떠나기 전 나머지를 처리한다고 했으나 언론에 이름이 거론된 것은 단 두 명뿐이었다.

"어떻게 된 겁니까. 왜 두 명뿐이죠?"

—정부에서 움직였어. 우리가 보낸 자료가 전부 통제가 되었단 말이야. 그나마 두 놈을 칠 수 있었던 것도 야당에서 난리를 쳤기 때문에 겨우 죽인 거야.

"자료를 전부 보냈는데도 그렇게 되었단 말입니까?"

—처음에는 적극적으로 나서던 야당이 손을 뺀 게 치명적이었어. 그자들은 자신들 쪽에 원내 대표와 유력 인사가 관여되어 있다는 것을 알자마자 손을 빼더군. 그러고는 곧바로 여당 쪽과 거래를 했어. 이 개새끼들이 나라를 말아먹으려고 작정한 것 같아.

최강철의 질문에 대답하면서 김도환이 이를 갈았다.

친일파를 제거하는 것보다 정치인들은 자신들의 안위가 우선이었다.

"무슨 얘긴지 대충 알겠습니다."

─언제 들어올 거냐?

"곧 들어가겠습니다. 가서 할 일은 해야죠."

─네가 들어오면 난리가 날 거다. 각오 단단히 하고 들어와.

"알겠습니다."

─그런데 끊기 전에 하나만 묻자. 그거 정말 할 거냐?

"합니다. 반드시!"

＊　　　　　＊　　　　　＊

최강철이 국내로 들어온 것은 시합이 끝나고 한 달 반이 훌쩍 지난 3월 초였다.

모습을 감추고 시간이 흐르자 조용했던 언론과 여론이 그가 귀국하자 다시 발칵 뒤집혔다.

공항에는 거의 천여 명이 몰려들었는데 손에는 각종 피켓들이 들려 있었다.

최강철 선수, 통합 타이틀 획득을 축하합니다!

사랑해요, 허리케인. 고마워요, 나의 영웅!

이런 피켓들이 반이다.

그러나 그에 못지않게 많은 피켓이 보였는데 바로 헌즈와의 대결에 관한 것이었다.

헌즈와의 전쟁, 절대 불가!

코브라는 잊어라, 최강철은 웰터급의 챔피언으로 남아 달라!

당신은 우리의 영웅입니다. 헌즈라는 괴물과 싸우지 마세요!

최강철이 나타나자 팬들이 한꺼번에 소리를 질렀기 때문에 무슨 소린지 알아들을 수 없었다.

워낙 많은 사람이 한꺼번에 소리를 질러 공항 로비에서 천둥이 치는 것 같았다.

팬들에게 감사 인사를 하면서 손을 흔들어주었다.

그들의 마음을 안다.

하지만 그렇다고 해서 자신의 결심을 꺾을 수는 없다.

최강철은 공항 로비로 들어와 수많은 기자가 운집한 인터뷰장에서 헌즈와 싸우겠다는 뜻을 분명하게 다시 밝혔다.

"국민 여러분의 걱정은 너무나 잘 알고 있습니다. 하지만 제 꿈은 판타스틱4를 전부 꺾는 것이었습니다. 그 꿈은 복싱을 시작하면서부터 가져온 것이었고 지금까지 한 번도 포기하지 않았습니다. 한 남자로서, 그리고 자랑스러운 대한민국의 일원으로서 저는 그 꿈을 이루기 위해 최선을 다할 생각입니다. 인간은 노력을 통해 발전하고 패배를 딛고 일어서야 진정한 승리를 쟁취할 수 있다고 배웠습니다. 저는 헌즈가 두렵지 않습니다. 그가 대단한 선수라는 건 누구나 인정하는 일입니다. 그러나 저 역시 웰터급을 통합시켰으니 그에 못지않다고 생각합니다. 그런 제가 한 번 입으로 뱉어낸 말을 주워 담는 건 부끄러운 일이지 않겠습니까. 허리케인은 절대 부끄러운 남자가 되지 않겠습니다. 그러니 여러분, 저를 지켜봐 주십시오."

최강철의 말이 끝나자 구름처럼 몰려들었던 기자들과 팬들의 입에서 긴 한숨이 새어 나왔다.

그들이 이곳에 나온 것은 통합 챔피언 벨트를 가져온 최강철을 축하하고, 환영하려는 것도 있었지만 헌즈와의 대결을 철회해 달라는 요청을 하기 위해서였다.

그러나 당당한 모습으로 자신이 싸워야 하는 이유와 남자로서의 자격을 말하자 기자들은 물론이고 팬들까지 순식간에 침묵 속에 잠겨 버렸다.

사람이면 누구나 가슴속에 뜨거운 열정과 야망을 가진다.

세상이란 거친 파도에 휩쓸려 힘들게 살아가다 보니 자신이 가졌던 꿈을 차츰 포기했지만 그렇다고 그런 열정을 가슴 속에서 완전히 지워 버리지는 않았다.

그렇기에 최강철의 말이 아픈 것이다.

그들이 헌즈와의 대결을 반대한 것은 현실에 안주하고 살았던 자신들의 경험과 최강철을 사랑하는 마음 때문이다.

하지만 막상 한 남자의 열망을 직접 눈으로 보게 되자 시합을 포기하라는 말을 할 수 없었다.

침묵을 깨기 시작한 것은 기자들이었다.

기자들은 몰려든 사람들과 같은 감정을 가지고 있었으나 자신들의 본분을 잊지 않았다.

"최강철 선수, 그렇다면 돈 킹 씨와 먼저 상의한 것인가요?"

"그렇습니다. 돈 킹 씨는 저의 의사를 받아들인 후 기자회견을 한 겁니다."

"향후 일정은 어떻게 되는 겁니까?"

"현재 돈 킹 씨가 헌즈 쪽의 프로모터 밥 애런과 시합 확정을 위해 세부 내용을 협의하는 중입니다. 아마 금년 중에는 무조건 성사될 것이라 생각합니다."

"헌즈는 살인 무기라는 말을 들을 정도로 강력한 스트레이트를 가지고 있습니다. 정말 이길 자신이 있습니까?"

"뛰어난 능력을 가진 선수들의 대결은 누가 더 준비를 잘했느냐에 따라 결판이 난다고 생각합니다. 헌즈 선수의 무기

가 무섭다는 건 잘 알고 있습니다. 하지만 저 역시 그에 못지
않은 무기를 가지고 있습니다. 헌즈가 아무리 강하다 해도 저
의 무기에 걸리면 쓰러집니다. 복싱에서 절대 강자는 없습니
다. 따라서 저는 무조건 이길 수 있다고 말씀드리지 않겠습니
다. 대신, 그를 이기기 위해 최선을 다할 것이란 약속을 드립
니다."

"최강철 선수……."

그동안 모습을 감췄기 때문인지 기자들은 거의 한 시간 가
까이 질문을 퍼부었다.

성실하게 답변해 주었다.

그들이 자신으로 인해 한 달여 동안 고생한 걸 생각하면
이 정도는 충분히 감수할 용의가 있었다.

*   *   *

누구나 알아볼 정도로 유명하다는 건 참으로 불편한 일이
다.

그것이 사랑이라면 더욱 그렇다.

최강철이 뜨는 곳은 언제나 전쟁터로 변했기에 경호원이 없
으면 움직이기 힘들 정도의 사람들이 몰려든다.

그랬기에 이성일의 충고를 받아들여 변장을 하기 시작했다.

안경과 모자, 마스크를 썼고 평범한 복장을 한 채 걸어 다녔다.

고급 차를 타고 움직이면 시선이 몰려들기 때문에 차라리 걸어 다니는 게 훨씬 더 편했다.

재밌는 점은 최강철이 그렇게 다닐 경우 사람들이 거의 알아보지 못한다는 것이었다.

그가 제우스의 사무실을 찾은 것은 귀국한 후 이틀이 지났을 때였다.

사무실에는 김도환만 남아서 기다리고 있었는데 그는 최강철이 들어서자 굳은 얼굴로 맞아들였다.

"커피?"

"한잔 마시죠."

대답하자 인터폰을 누른 김도환이 비서에게 차를 주문했다.

그는 신용석과 달랐다.

직원들의 숫자가 100명이 넘어서자 여비서를 두었는데 상당한 미모를 가진 여자였다.

제우스의 직원은 정보 팀과 보안 팀이 반씩 나뉘어 있었는데 최근 들어 경호 관련한 일들이 본격적으로 시작되면서 보안 팀의 숫자를 계속 충원하는 중이었다.

김도환은 최강철의 조언을 받아들여 은행 현금 수송과

VIP들의 경호 업무를 수주하기 시작했는데 불과 몇 달 만에 상당한 일거리가 밀려들었다.

김도환의 입이 열린 것은 비서가 커피를 내려놓고 나갔을 때였다.

여비서는 처음 최강철이 들어왔을 때 뒤늦게 정체를 확인하고 몸을 부들부들 떨어댈 만큼 놀랐다.

그녀로서는 환장할 일이었을 것이다.

자신이 일하는 사무실에서 대한민국 여자라면 누구나 선망한다는 최강철을 만났으니 심장이 떨어졌을지도 모른다.

김도환의 이야기기는 하와이에서 들었던 내용과 대동소이했다.

친일파라는 증거를 찾기 어려워 각종 부정 비리와 난잡한 여자관계, 인사 청탁과 뇌물 등 빼도 박도 못 하는 증거들을 언론에 보냈지만 정부와 정치권이 개입하면서 흐지부지되었다는 것이었다.

그의 이야기를 들으며 손가락을 입으로 가져다 댔다.

최강철이 생각을 할 때마다 하는 습관이었다.

이래서 대한민국은 어렵다.

정치권이 썩었고 정부가 썩었고 국민들의 귀와 눈이 되는 언론마저 그들의 개로 전락했으니 그 정도 비리는 아무렇지 않게 묻혀 버린다.

김도환의 입이 다시 열린 것은 최강철이 손가락을 떼면서 커피 잔으로 손을 가져갔을 때였다.

"회장님, 이대로 그냥 물러설 수는 없습니다. 그런 개새끼들이 뻔뻔한 낯짝으로 대한민국을 활보하고 다니는 걸 나는 도저히 볼 수가 없어요. 우리, 그 새끼들을 죽입시다."

"무슨 소립니까?"

"정 실장은 명령만 내려달랍니다. 쥐도 새도 모르게 처리할 수 있다고 했습니다."

"그건 안 됩니다."

"회장님!"

"그자들이 살아남을 수 있는 건 우리 사회가 그 정도 수준밖에 안 되기 때문입니다. 그건 곧 그자들을 모조리 죽여도 다른 자들이 생겨난다는 뜻이에요."

"그럼 어쩌실 생각입니까?"

"바꿔야죠. 우리 사회를 바꿔서 그런 자들이 발을 붙이지 못하도록 만들어야 합니다. 사장님, 지금 우리나라에는 친일파들만 있는 게 아닙니다. 북한에서 내려 보낸 자들도 있고 미국과 중국의 이익을 위해 움직이는 자들도 수없이 많습니다. 그리고 친일파들도 마찬가지예요. 지금 나타난 몸통은 우연히 걸려든 놈들에 불과합니다. 비록 놈들을 제거하지 못한 게 억울하지만 그 밑에 빌붙어 먹고사는 자들이 부지기수일 겁니다. 그런 자들을 어떻게 다 죽일 수 있겠습니까."

"회장님 생각을 말씀해 주십시오."

"사장님, 그들을 모두 없애는 건 대한민국을 변화시키는 방법뿐입니다."

"그건 결코 쉬운 일이 아닙니다."

"압니다. 하지만 반드시 해야 할 일이에요. 그래서 이제부터 제우스 대신 제가 움직일 생각입니다."

"그게 무슨 말씀이십니까?"

"다음 달에 총선이 있습니다. 아시죠?"

"설마 출마를?"

"아뇨, 지금은 아닙니다. 대신 우리가 만난 사람들이 국회에 들어갈 수 있도록 전폭적으로 지원할 생각입니다. 필요하다면 제가 직접 유세에 참여할 생각이에요."

"왜 출마하지 않습니까? 회장님 생각이 그렇다면 직접 나서서 바꿔야 되는 거 아닙니까. 회장님의 영향력은 막강합니다. 지금 당장 나서도 당선할 수 있어요."

"천천히… 아직은 아니에요. 제가 전면에 나서는 건 세력을 키운 다음입니다."

"그렇게 생각하는 이유를 들어봐도 되겠습니까?"

"정치가 가지고 있는 특성을 너무나 잘 알기 때문이죠. 정치란 괴물은 특정인 개인의 능력으로 해결되지 않아요. 지금 국민들은 군부가 만들어낸 지역색에 물들어 인물을 보지 않습니다. 그렇기에 먼저 세력을 키워야 합니다. 우리가 지원하는 정치인들은 당을 떠나는 순간 금배지를 달기 어렵습니다. 그러니 지금의 당면 과제는 그들을 지원해서 국회 내에 우리 세력을 만드는 겁니다."

"무슨 뜻인지 알겠습니다."

"그들에게 들어간 지원금이 얼마나 되죠?"

"지금까지 20억이 들어갔습니다. 회장님 말씀대로 총선 비용을 지원하기 위해서는 약 100억 정도가 추가 소요 될 것 같습니다."

"정확하게 인원이 몇 명이죠?"

"현직 국회의원 13명에 새롭게 의원직에 도전하는 사람들이 7명입니다. 우리가 접촉한 사람들 30명 중 공천을 받은 건 그들뿐입니다. 정치판이 정말 개판이더군요. 능력이 없는 놈들도 돈다발을 싸서 들고 가면 공천이 됩니다. 할 수 없이 우리도 돈다발을 가져다 바쳤어요. 가장 유능한 사람들인데도 무려 10억이나 들어갔습니다."

"그랬을 겁니다. 제우스의 모든 역량을 움직여서라도 그들이 당선될 수 있도록 지원하십시오. 그들이 당선되어야 우리의 의도대로 정치 개혁을 진행할 수 있습니다."

"지시대로 하겠습니다."

대답을 하는 김도환의 눈에서 푸른빛이 흘러나왔다.

최강철의 의도대로 되지 않을 수도 있다.

정치인들은 화장실에 갈 때와 나올 때가 일반인들보다 훨씬 다른 자들이니까.

그럼에도 믿는 것은 그들이 선택한 사람들의 가슴속에 정의와 대한민국에 대한 사랑이 들어 있다는 걸 확신하기 때문이다.

최강철의 열정이 자신만의 야망을 이루기 위함이 아니란 걸 철석같이 믿고 있었다.

지금까지 그가 지켜본 최강철은 그런 사람이었다.

그래서 한다.

최강철과 그들이 국민들을 위해 싸운다는 일념만 지닌다면 대한민국은 이 악취 나는 시궁창에서 벗어날 수 있을 것이다.

김도환의 입이 다시 열린 것은 최강철이 시계를 보면서 일어나려 할 때였다.

"회장님, 일본 놈들에게 뺏은 돈이 그대로 남아 있습니다. 그건 어떻게 할까요?"

"그냥 가지고 계세요. 그 돈이 움직이면 우리 정체가 드러나게 될 수도 있습니다. 그자들은 지금 우리를 찾기 위해 혈안이 되어 있을 거예요. 언론 쪽은 확실하게 처리했죠?"

"당연합니다. 자료는 전부 무기명으로 보냈기 때문에 언론과 야당 쪽은 우리 정체를 전혀 몰라요. 일본 놈들이 추적해도 우리를 찾아내기 힘들 겁니다."

"아뇨, 그렇지 않을 수도 있어요. 보안 팀이 친 놈들의 정체가 야쿠자라면서요. 그자들은 무서운 놈들이에요."

"그래도 안 됩니다. 보안 쪽에 일이 계속 들어오면서 보안 팀을 확충하고 있습니다. 그들은 군 쪽에서 엄청난 능력을 보유했던 전사들입니다. 야쿠자 정도가 어쩔 수 없는 능력을 가진 친구들이에요."

"혹시 몰라서 하는 말입니다. 사장님은 앞으로 경호원을 붙이세요. 보안 팀의 정 실장님한테 이야기해서 둘만 붙이고 다니세요."

"저는 괜찮습니다."

"제 말대로 하세요. 김 사장님은 저에게 없어서는 안 될 분입니다. 절대 무슨 일이 일어나면 안 된단 말입니다."

더 럼블의 직원들은 정신없이 움직이며 최강철과 헌즈전을 성사시키기 위해 뛰어다녔다.

그러나 일은 쉽게 진척되지 않았다.

건건마다 부딪쳤다.

헌즈를 보유하고 있는 밥 애런은 어느 것 하나 양보하지 않겠다는 듯 간간하게 굴었기 때문에 실무 협상은 계속해서 난

항에 부딪쳤다.

그랬기에 돈 킹은 오늘 휴스턴으로 향했다.

처음에 전화했을 때 정말 하겠냐며 반색을 했던 밥 애런은 실무 협상에 들어가자 협상을 질질 끌고 있었기에 직접 만나 담판을 지을 생각이었다.

실무자들 간의 협상이 지지부진하다는 것은 위에서 받은 오더가 그만큼 지랄 맞다는 것을 의미한다.

톰슨을 비롯해서 럼블의 실무자들은 놈들과 대화를 하고 오면 머리부터 절레절레 흔들었는데 모든 일에 조건을 달면서 쉽게 협상에 응하지 않는다고 했다.

돈 킹이 뜨자 미국의 언론이 그를 주목했다.

그가 움직인다는 것은, 특히 텍사스로 향했다는 건 밥 애런을 만날 가능성이 그만큼 크다는 것을 의미하기 때문이었다.

미국 언론의 반응은 뜨거움을 넘어 폭발적이었다.

최강철의 도발에 이어 돈 킹이 시합을 성사시키겠다는 기자 회견을 열자마자 모든 언론의 시선이 그의 일거수일투족에 몰렸다.

돈 킹은 기자들의 접근을 막지 않았다.

자신이 원해서 진행시키는 일이 아니었으나 이왕 판이 벌어진 이상 최대로 키우는 것이 무엇보다 중요했다.

그는 사업가였고 그 누구보다 돈 냄새를 잘 맡는 사람이었다.

최강철이 질 수도 있으나 그것과는 상관없이 이 시합으로 벌어들이는 돈은 천문학적이 될 것이다.

져도 상관없다.

최강철은 누구나 인정할 만큼 무리한 도전을 한 것이니 만약 진다 해도 그를 약자라 말할 놈은 아무도 없다.

더불어 이긴다면 그야말로 대박이 터진다.

그가 예상하는 이 경기의 대전료는 양측 각각 2천만 달러였다.

그만큼 어마어마한 스폰서가 붙는다는 뜻이다.

선수들의 대전료가 올라간다는 건 프로모터의 이익도 엄청나게 커진다는 것을 의미했으니 헌즈를 때려잡았을 때 최강철의 향후 경기는 지금까지와는 비교할 수 없을 정도의 이익을 가져다줄 것이다.

사무실 문을 열고 들어서자 밥 애런이 기다렸다는 듯 손을 들어 반가움을 나타냈다.

하아, 이 새끼의 면상은 언제나 징그러울 정도로 여유가 있다.

"밥, 오랜만이지?"

"그렇군, 마크전에서 봤으니까 벌써 2년이나 되었군."

"거두절미하고 본론부터 말하지. 어차피 자네와 내가 그동안의 근황이나 물으면서 시간을 보낼 사이는 아니잖아?"

"역시 돈 킹이야. 화끈한 건 여전하구만."

"애들한테 질질 끌도록 만드는 이유가 뭐야? 밥 애런이 쭉 팔리게 뒤에 숨어서 이런 짓을 하다니 난 이해가 되지 않아. 이봐, 밥. 이제 내가 왔으니 확실히 말해. 뭐가 맘에 안 드는 거냐. 자네 속에 든 게 뭔지 말해!"

"크크크, 진즉에 그렇게 나왔으면 편했잖아."

"그렇게 웃지 마. 난 그런 웃음이나 보려고 온 게 아냐!"

"그럼 말해주지. 자네는 아직 상황 파악이 되지 않은 것 같아. 럼블의 제안은 말이 되지 않는단 말일세. 왜 도전자 측과 챔피언 측이 같은 이익을 봐야 한다고 생각하지?"

"그게 무슨?"

"허리케인은 도전자야. 그러니 자네도 도전자일세. 그래서 난 우리가 럼블과 똑같은 이익을 본다는 게 말이 안 된다고 생각한다네."

"그래서?"

"6 대 4, 실무 협상은 그게 전제되었을 때 진행될 수 있어. 그러니 돈 킹, 잘 생각해 봐."

"퍽 유!"

*　　　　　*　　　　　*

'비룡'은 미사일과 항공기로 나누어 대규모 공장을 짓는 인허가를 득하고 본격적으로 설계에 들어갔다.

예산은 총 2억 달러에 달하는 규모였는데 실험 장비는 물론이고 연구소와 인재 스카우트, 생산 시설 비용까지 포함된 금액이었다.

물론 당장 들어가는 돈은 아니다.

최강철은 2천만 달러의 예산을 책정했지만 '비룡'이 작년에 실질적으로 사용한 돈은 200만 달러에 불과했다.

임시 연구소와 인재 스카우트, 공장 및 연구소 설계 비용만 사용되었기 때문이다.

이제 금년에 설계가 완료되면 내년부터는 본격적으로 시공에 들어가는데 그 장소는 금산이었고 못 쓰는 땅을 매입해서 500만 평을 확보했다.

단계적인 투자이자 장기적인 투자다.

공장과 실험실, 연구소를 짓고 장비를 들여오는 데만 5년이 소요되는 것으로 계획되어 있었는데 그것도 정일환 박사의 진두지휘가 있었기에 가능한 것이었다.

그럼에도 최강철은 전혀 조급해하지 않았다.

일에는 순서가 있고 기다림이 더해져 결과가 나온다는 걸 너무나 잘 알기 때문이었다.

더불어 정일환 박사와 연구 팀의 능력을 믿었다.

그 5년 동안 정일환 박사는 이론적인 연구를 완성시켜 실험실과 연구소가 준공하는 대로 본격적인 실험에 들어가겠다는 약속을 했다.

정부에서는 '비룡'의 방산 업체 등록에 대해 두 팔을 들고 환영해 주었다.

정부의 보조금은 특정 무기를 개발할 때 지원되는 것이지 초기 투자에 대해서는 신경을 쓰지 않기 때문에 '비룡'이 방산 산업에 뛰어든다고 했을 때, 그것도 미사일과 항공 분야에 한정되어 연구와 시설 투자를 한다고 했을 때 초스피드로 승인을 해줬던 것이다.

최강철이 찾을 때마다 정일환 박사는 반가움을 숨기지 않았다.

그는 지금 벌어지고 있는 이 현실에 놀라움을 감추지 못하고 있었는데 2억 달러란 천문학적인 투자를 개인이 한다는 것이 아직도 믿어지지 않는 모양이었다.

"박사님, 저는 박사님과의 약속을 반드시 지키겠습니다. 이후로 많은 돈이 들어가야 한다는 것도 알고 있습니다. 하지만 그것 역시 제가 책임지고 조달할 겁니다. 그러니 박사님, 박사님도 약속을 지켜주십시오. 대한민국의 푸른 하늘을 지켜주겠다는 약속 잊지 말아주세요."

3월이 되자 대한민국은 총선의 열기에 빠져들었다.

정치는 국회의원이 한다.

국회의원은 국민이 뽑는 것이고 국민을 대표해서 국가의 중요 사안을 처리하는 심부름꾼에 지나지 않는다.

그러나 지금까지 대한민국의 국회의원은 권력자로 움직이며 정권에만 눈이 멀었고 민생에 대해서는 뒷전으로 미루는 경우가 허다했다.

각종 비리에 국회의원이 연루되는 것은 다 그런 이유가 있기 때문이었다.

국정 감사를 핑계로 자신들과 결탁한 업체의 특허 기술을 정부와 공기업을 압박해서 반영시키는 것은 비리 축에 들지도 않았다.

각종 인허가 압력은 물론이고 인사 청탁, 불법 로비 등 수많은 부정 비리가 국회의원들의 손에서 이루어졌다.

돈이다.

선거에서 당선되기 위해 뿌린 돈을 회수하고 권력을 이용해 자신들의 안위를 우선했으니 기업과 국회의원은 공생 공사의 관계를 형성하며 수많은 검은돈을 왕래했다.

과연 국회의원들이 국가와 국민을 위해서 일하기 위해 출마를 하는 것인가에 대한 의문은 예전에 접은 지 오래다.

그놈이 그놈인 세상.

지역 감정을 부추기며 깃발만 꽂으면 특정 당이 승리하는 현재의 정치판은 그야말로 개판이라고 말할 정도였다.

최강철은 '제우스'의 분석을 토대로 우세하거나 완전하게 열세인 지역은 전부 제외하고 박빙인 지역의 유세에만 참여했다.

무소속 2, 집권당 2, 야당 2명을 합해 전부 6명이었다.

선택과 집중 전략이다.

그리고 어느 누구도 시비를 걸지 못하도록 여야를 구분하지 않고 움직였다.

최강철이 나서자 정치판이 들썩였다.

지금까지 정치에 대해서는 일절 움직이지 않던 최강철의 움직임은 선거의 판세를 뒤집기에 충분한 것이었다.

대쪽 같았던 정우석조차 최강철의 유세 지원을 거부하지 못했다.

그는 보수의 심장이라는 대구에서 또다시 무소속으로 출마했는데 현직 국회의원이라는 프리미엄을 안고도 고전을 면치 못하고 있었기 때문이다.

그의 강력한 상대는 집권당에서 출마한 전 재무부장관 정홍채로서 보수층의 결집을 토대로 정우석을 강력하게 압박하는 중이었다.

최강철의 가세가 진짜 무서운 것은 그가 대한민국 최초의 세계 통합 타이틀 챔피언이기 때문이 아니었다.

그가 국민들의 사랑을 받고 있는 이유는 바로 없는 자들에 대한 배려와 희생을 몸으로 보여주었기 때문이었다.

그 누구도 하지 않았던 일이었기에 국민들은 최강철의 행동에 아낌없는 박수와 환호를 보냈다.

재벌들은 자식들에게 재산을 물려주기 바빴고 권력자들은 그들의 등을 쳐서 자신들의 배를 불리기에 바쁘다는 것을 국민들은 너무나 잘 알고 있었으니 최강철의 행동은 국민들에게 신선한 충격을 주기에 충분하고도 남았다.

"오느라 고생했소."

"아닙니다. 친구가 운전해 줘서 편하게 왔습니다."

"언제까지 있을 생각이오?"

"이틀만 머무르겠습니다. 다른 분들한테도 가봐야 되거든요."

"정말 고맙소."

정우석의 눈에서 진정한 고마움이 느껴졌다.

그는 국회의원이 된 이후에도 설렁탕으로 끼니를 해결하며 정치를 변화시키기 위해 노력했으나 자신의 한계를 뼈저리게 느낀 후 최강철의 제안을 받아들였다.

최강철의 지원은 예상했던 것보다 훨씬 철저했다.

그의 대리인이라 불리는 자들이 수시로 내려와 상대에 대한 정보를 주었고 풍족할 정도로 선거 자금을 지원해 줬기에 이번처럼 편한 선거는 처음 치른다.

만약 집권당에서 보수의 핵심 대구를 탈환하기 위해 인지도가 뛰어난 정홍채를 내보내지 않았다면 이번 선거는 정말 수월하게 치렀을 것이다.

최강철은 대구로 내려온 후 정우석의 손을 잡고 선거구를 누볐다.

대구 시민들은 최강철이 왔다는 소문을 듣자 구름처럼 몰려들었는데 최강철을 연호하는 소리가 끊이지 않았다.

시장을 찾았고 각종 행사장에 모습을 드러냈다.

이틀 동안 최강철은 정우석의 옆을 떠나지 않고 사람들을 향해 그를 당선시켜야 되는 당위성을 설명했다.

"대구 시민 여러분, 국회의원은 국민을 위해 일하는 사람들입니다. 여러분께서 지난 4년 동안 확인한 것처럼 정우석 의원님은 청렴하게 지내시며 오직 국가를 위해 일해오셨습니다. 저는 다른 말을 하지 않겠습니다. 지역, 학교, 혈연, 이런게 국가를 위해 일하는 사람을 뽑는 데 무슨 상관이 있겠습니까. 여러분, 오직 국가만을 위해 일하는 사람을 뽑아주십시오. 자신의 사익을 뒤로하고 돈을 돌같이 여기며 오직 여러분을 위해서 일할 분, 저는 그 사람이 바로 정우석 의원님이라고 생각합니다!"

판이 뒤집혔다.

최강철은 보름 동안 강행군을 하며 박빙의 접전을 펼치는 의원들을 도왔다.

그의 영향력이 얼마나 강한지는 여론으로 나타났다.

"최강철이 지지하는 사람은 정말 괜찮은 사람인 거야. 생각해 봐. 지가 번 돈을 고아원하고 장학금으로 전부 꼴아박은 놈이 뭘 바라고 움직였겠어. 한 가지를 보면 천 가지를 알 수 있는 거라고. 안 그래?"

"그럼, 그럼."

접전 지역 중에서 가장 힘들었던 대구의 정우석까지 여론 조사에서 우세로 바뀌었을 만큼 최강철의 지원은 사람들의 마음을 단숨에 바꿔 버리는 마법을 부렸다.

문제는 언론이었다.

일부 언론 기자들은 최강철의 갑작스러운 지원 유세를 바라보며 공정한 선거에 위배된다며 시비를 걸었는데 상대편 후보자와 커넥션이 형성된 놈들 짓이었다.

선거에서 지원 유세를 하는 자는 수없이 많았다.

탤런트, 영화배우, 가수, 심지어 코미디언은 물론이고 지역 유지와 접전 지역은 당 대표와 간판 의원들이 찾아왔으니 최강철의 지원 유세가 문제될 건 전혀 없었다.

그럼에도 그들이 시비를 걸 수밖에 없었던 것은 최강철의 영향력이 판세를 뒤집을 만큼 강력했기 때문이다.

선거 전날 최강철이 '제우스'로 들어갔을 때 김도환은 선거 판세를 살피며 참모들과 함께 회의를 하는 중이었다.

김도환은 이번 선거 지원을 위해 별도로 팀을 만들었는데 그 숫자가 30명에 달했다.

최강철이 들어서자 김도환이 눈짓으로 참모들을 내보낸 후 상석에 그를 맞아들였다.

아직까지 참모들은 '제우스'의 실질적인 주인이 최강철이라는 걸 모르고 있었다.

"어떻습니까?"

"저희들 예상으로는 적게는 16명 많게는 18명까지 확보할 것 같습니다. 회장님이 지원 유세를 하면서 숫자가 많이 올라왔습니다."

"괜찮군요."

"거기에는 당의 공천을 받지 못하고 무소속으로 출마한 사람들이 2명이나 끼어 있습니다. 만약 그들까지 당선이 된다면 무소속이 전부 6명으로 늘어납니다."

"좋군요."

"뭐가 말입니까?"

"무소속 의원들은 자유롭죠. 다시 말한다면 마음껏 움직일 수 있다는 겁니다. 당의 통제를 받지 않고 움직일 수 있는 의원들이 많을수록 우리의 행동 반경이 넓어질 겁니다."

"아무래도 그렇겠죠."

"어쨌든 내일 선거 결과가 나오면 우린 새로운 출발을 할 수 있습니다. 진정으로 국민들을 위해 일하는 국회의원들이 많아질수록 우리나라의 정치는 발전할 수 있을 겁니다. 당리당략, 지겹지 않습니까. 저는 그런 썩어빠진 정치가 하루빨리 없어졌으면 좋겠습니다."

총선의 투표율은 72%였다.

누군가는 그 투표율에 기뻐했고 누군가는 아쉬움을 토로하며 한숨을 내리쉬었다.

최강철은 김도환과 함께 저녁을 먹은 후 총선 결과를 지켜봤다.

분석은 정확했다.

제우스 소속 위원들은 17명이 당선되었는데 여당에 5명, 야당이 6명, 무소속이 6명이었다.

총선은 여당의 승리로 끝났으나 3당 합당 시 200석이 넘었던 것에 비해 50여 석이 줄어든 결과로 나타났다.

승리인 동시에 패배다.

국민들은 야합으로 이루어진 집권당에 등을 돌리고 야당 쪽에 표를 던졌다.

특히 재벌 총수가 나선 야당이 무려 30석을 확보했는데 국민들은 어려운 경제를 재벌 총수가 풀어줄 것이란 기대를 가졌던 모양이다.

누군가는 어리석다고 말했고 누군가는 오죽했으면 그런 결과가 나왔겠냐며 한탄을 했다.

최강철은 총선 결과가 나오는 걸 보며 길게 한숨을 내리쉬었다.

이렇다, 우리의 현실이.

"예상외로 야당이 선전을 했군요."

"어느 정도 예상된 결과였습니다. 집권당의 거만이 국민들을 등 돌리게 만든 거죠."

"사장님, 새로 당선된 의원들의 성향을 분석하세요. 특히 무소속으로 당선된 사람들을 잘 살펴주셨으면 합니다. 무소속이 전부 21명이죠?"

"그렇습니다."

"최소한 30명은 확보해 보도록 하세요. 가급적 우리 조건에 부합되는 사람들이어야 합니다. 숫자를 맞추기 위해 아무나

들이지는 말란 말입니다."

"무슨 뜻인지 알겠습니다."

"그럼 저는 이만 가보겠습니다. 사장님, 그동안 수고 많으셨습니다."

"수고는 회장님이 하셨죠. 그럼 살펴 들어가십시오."

김도환은 문을 열고 나서는 최강철을 향해 깊숙이 허리를 숙였다가 일어섰다.

대답은 했지만 정확한 이유는 모른다.

국회의원의 숫자를 30명이나 확보하겠다는 것은 본격적으로 새로운 정치 세력을 만들겠다는 뜻일까?

*   *   *

돈 킹은 밥 애런을 만나고 돌아온 후 한동안 분노를 참지 못했다.

이런 개자식. 감히 누구 보고 도전자래!

아무리 생각해도 열이 받아 견딜 수가 없었다.

명목상으로야 최강철이 도전자였지만 이번 시합은 다른 시합과 근본부터 그 성격이 다른 것이었다.

만약 최강철이 배수진을 치면서 자신을 압박하지 않았다면 아예 생각조차 하지 않았을 경기였다.

불리해도 너무나 불리했다.

그리고 그의 입장에서는 절대 하지 말아야 할 경기였다.

이번 시합은 전 세계 팬들의 이목을 집중시킬 만큼 빅 이벤트였지만 그에게 있어서는 절망으로 가는 종착역이 될 수도 있었다.

최강철은 슈퍼스타다.

편안한 상대들과 방어전을 치른다 해도 그가 경기를 벌이면 최소 2천만 달러씩은 벌어들일 수 있었다.

그런데 뭐라고?

도전자는 도전자답게 놀라는 말을 감히 면전에서 하다니? 밥 애런의 정신 구조가 이해되지 않았다.

만약 이 경기가 성사된다면 밥 애런은 앉아서 천문학적인 돈을 벌어들인다.

헌즈를 보유한 그로서는 응하지 않을 이유가 없었다.

누가 봐도 헌즈가 유리한 싸움이었다.

슈퍼 웰터급의 강력한 도전자들보다 오히려 쉬운 상대라고 평할 만큼 이번 경기를 바라보는 전문가들의 예상은 압도적으로 헌즈가 유리했다.

얼마나 좋은가.

그런 상대와 싸우면서 천문학적인 돈을 벌어들인다면 백번이고 받아들이는 것이 당연한 일이었다.

밥 애런의 주장이 시합을 피하고자 하는 것이라면 이해할 수 있었지만 놈의 속셈이 뻔히 보이기에 더욱 화가 났다.

놈은 최강철의 강력한 도전 의지를 확인하고 자신이 양보할 수밖에 없을 거란 확신을 하면서 그런 주장을 하는 게 분명했다.

밥 애런, 늙은 여우.

하지만 이 자식아, 너는 모르는 게 있어.

나 역시 이 시합을 애써 성사시킬 의지가 없다는 걸 왜 모른단 말이냐.

너도 마찬가지겠지만 나 역시 사업가다.

사업가에게도 의리가 물론 중요하지. 하지만 더 중요한 것은 돈이야.

고맙다, 밥 애런.

네가 계속 그렇게 버텨준다면 나는 고마워서 절이라도 할 테다.

"사장님, 이제 어떻게 하실 생각입니까?"

"뭘 어떻게 해?"

자신의 질문에 돈 킹이 인상을 바짝 쓰면서 반문하자 톰슨의 표정이 굳어졌다.

"밥 애런이 저렇게 나온다면 곤란해지잖습니까. 그놈은 코도 풀지 않고 날로 먹으려는 전략입니다."

"알아, 그놈은 최강철의 성격을 너무나 잘 알고 있어. 그렇기 때문에 그런 짓을 하는 거야."

"취소시킬 생각입니까?"

"내가 왜?"

"그럼요?"

"취소는 그놈이 한 거지 내가 한 게 아냐. 그리고 나는 그놈이 그렇게 나와줘서 너무 고맙다."

"시합이 성사되지 않으면 허리케인이 그냥 있지 않을 겁니다."

톰슨이 불안한 눈빛을 던졌다.

라커룸에서 최강철은 분명히 말했다. 이 시합을 성사시키지 않으면 프로모터까지 바꾸겠다고 으름장을 놨으니 그의 얼굴이 불안해지는 건 당연한 일이다.

하지만 돈 킹의 얼굴에는 전혀 불안감이 담겨 있지 않았다.

"허리케인은 나에게 최선을 다해서 시합을 성사시켜 달라고 했다. 그리고 나는 시합을 성사시키기 위해 최선을 다했어. 그런데 나보고 어쩌란 말이냐?"

"허리케인은 그렇게 믿지 않을 겁니다."

"믿게 해야지."

"어떻게요?"

"톰슨, 언론 기자들을 모아. 그리고 터뜨려라. 헌즈 쪽에서

갖가지 변명을 대면서 시합을 피한다고 터뜨려."

"예?"

"그렇게만 하면 된다. 허리케인한테는 내가 지금까지 있었던 사실을 말할 테니까 자네는 그것만 처리해. 언론까지 동원해서 압박했는데도 그 자식이 응하지 않는다면 허리케인도 나를 이해해 줄 거야. 그렇지 않겠어?"

계속되는 압박.

돈 킹은 언론을 동원해서 허리케인과 헌즈의 시합이 왜 성사되지 못하는가에 대해 집중적으로 홍보하며 밥 애런을 압박했다.

언론에서는 완전히 땡큐다.

허리케인에 대한 이야기는 그 어떤 것도 뉴스거리로 충분하기에 기자들은 돈 킹과 밥 애런을 집요하게 물고 늘어지며 뉴스를 양산했다.

포문을 연 돈 킹은 이 시합에 대한 허리케인의 용기와 도전의식, 불리함 속에서도 보여준 투지를 칭찬하면서 헌즈는 괜한 트집을 잡지 말고 경기에 임하라는 이야기를 수시로 떠들었다.

그는 인터뷰를 즐겨하는 사람이 아니었으나 이번만큼은 마치 작정을 한 듯 거침없는 언사로 밥 애런과 헌즈를 비난했다.

반면 밥 애런은 원론적인 이야기만 하면서 시간을 끌었다.

시합은 서로 조건이 맞아야 성사되는 것인데 돈 킹 쪽과 협의가 원만하게 이뤄지지 않았기 때문에 아직 확정을 못 하고 있다는 것이었다.

돈 킹이 늑대라면 밥 애런은 여우다.

럼블 측에서 언론 플레이를 하는 것이 자신을 압박하기 위함이라는 것을 너무나 잘 알았고 그런 행동의 배경에는 조급함이 들어 있을 거란 판단을 내린 후 계속 시간을 끌었다.

그는 돈 킹이 항복하기를 기다리는 게 분명했다.

하지만 세상일은 모든 게 뜻대로 이뤄지지 않는다.

그동안 조심스럽게 보도하던 언론과 여론이 한꺼번에 폭발한 것은 최강철의 인터뷰가 방송되고 난 후였다.

최강철은 NBC와의 인터뷰를 통해 복싱 팬들의 마음을 순식간에 사로잡았다.

"제가 헌즈 선수와 싸우고자 한 것은 복싱을 사랑하는 모든 분께 진정한 도전이 무엇인지 알려 드리고 싶었기 때문입니다. 그런데 헌즈 선수 측은 저의 그러한 용기를 한낱 치기로 여기며 오로지 돈 벌 궁리에만 빠져 있습니다. 헌즈 선수, 복서는 복서로서의 자존심과 용기를 가져야 한다고 생각합니다. 프로모터인 밥 애런 씨가 말도 안 되는 조건을 내세우며 계속 발목을 잡고 있다는데 당신의 생각은 어떻습니까? 나는 당신이 나와의 싸움을 원하지 않는다면 깨끗하게 포기하겠습니다. 대신 당신을 박살 낸 마빈 헤글러와 싸우겠습니다. 그래서 당신에게 진정한 용기가 무엇인지 똑똑히 보여주겠습니다. 나는 당신이 비겁자로 살아가기를 원하지 않습니다. 부디 현명한 판단을 내려주시기 바랍니다."

최강철의 인터뷰 내용이 방송을 통해 전 세계로 퍼져 나가자 복싱 팬들은 난리를 피웠다.

대단하다.

네가 나와 싸우는 걸 피하면 나는 너보다 더 강한 자와 싸우겠다는 폭탄선언이었다.

물론 헌즈가 계속 변명을 하면서 시합에 응하지 않을 경우란 단서를 달았지만 최강철은 충분히 그러고도 남을 정도의 투지를 가졌기에 복싱 팬들은 그에 대한 환호와 헌즈에 대한 비난을 동시에 퍼부었다.

마빈 헤글러가 누군가.

헌즈보다 한 체급 위인 미들급의 통합 챔피언으로 '링의 도살자'란 별명을 얻고 있는 절대 강자였다.

그랬기에 복싱 팬들은 최강철의 인터뷰를 들으며 흥분을 감추지 못했다.

최강철의 인기가 하늘을 찌를 정도로 높은 이유는 그의 경기 스타일이 사람들을 매료시키는 마력을 가진 것도 있었지만 거침없는 그의 용기와 투지도 큰 몫을 차지하고 있었다.

인터뷰가 나간 후 복싱 팬들의 비난이 폭주하자 언론이 본격적으로 나서기 시작했다.

불리한 입장에 있는 허리케인의 도전을 사소한 이유로 피하는 헌즈의 비겁함을 질타했고. 밥 애런을 향해서는 돈만 아는 장사꾼이라며 복싱의 숭고한 정신을 훼손시키지 말라는 비판을 거듭했다.

헌즈가 디트로이트에서 휴스턴으로 날아온 것은 봄이 본격적으로 시작되는 5월 초였다.

통합 타이틀전이 1월에 치러졌으니 최강철의 도발을 향해 언제라도 싸울 수 있다고 큰소리 쳤던 게 벌써 4개월 전이었다.

그사이 헌즈는 5차 방어전을 치른 후 휴식을 취하며 상황을 지켜보는 중이었다.

밥 애런은 그에게 훌륭한 프로모터였다.

경기할 때마다 예상치를 웃도는 개런티를 쥐어줬고 자신의 입맛에 맞는 도전자들을 골라주면서 최상의 전문가들을 붙여주는 것과 동시에 전폭적인 지원을 해줬기 때문에 그는 이번에도 밥 애런의 결정을 인내 속에서 기다렸다.

언론과의 인터뷰에서도 그렇게 대답했다.

프로모터인 밥 애런이 시합 날짜를 정하면 언제든지 응하겠다며 기자들에게 강한 자신감을 보여주었다.

하지만 상황은 자신의 생각과 전혀 딴판으로 흘러가고 있었다.

견딜 수가 없었다.

나를 보고 비겁자라고?

누가 나를 향해 감히 비겁자란 소리를 할 수 있단 말인가.

자신은 복싱을 시작하면서 누군가에 대한 두려움 때문에 시합을 피한 적이 없었다.

피피노 쿠에바스, 슈거레이 레너드, 로베르토 듀란, 그리고 마빈 헤글러까지.

이름만 대면 누구나 엄지손가락을 치켜드는 전설들과 피 튀기는 혈전을 벌이며 이 자리까지 왔으니 자신은 두려움을 모르는 전사다.

그가 휴스턴으로 날아오자 밥 애런은 바쁘다는 핑계를 대며 두 번이나 만나주지 않았다.

여우같이 비상하게 머리가 돌아가는 밥 애런은 지금 헌즈를 만날 경우 자신의 계획이 틀어질 수 있다는 것을 알고 있었다.

하지만 헌즈의 분노는 예상보다 훨씬 컸다.

밥 애런이 두 번이나 자신을 피하자 그는 더 기다리지 않고 곧장 사무실이 아닌 집으로 쳐들어갔다.

저녁을 먹고 느긋하게 텔레비전을 시청하던 밥 애런은 자신을 찾아온 헌즈의 모습을 확인한 후 긴 한숨을 흘려냈다.

그가 보고 있던 텔레비전 화면에서는 허리케인과 헌즈의 모습이 나란히 흘러나오고 있는 중이었다.

태연한 모습으로 문을 열어줬으나 이미 헌즈의 눈은 붉게 달아올라 있었다.

문을 열어주고 거실로 데리고 들어와 소파에 앉히려 했지만 황소같이 거친 숨결만 흘려내며 헌즈는 밥 애런을 노려보기만 했다.

한참 동안 같이 마주 보던 밥 애런의 입술 끝이 슬그머니 올라갔다.

헌즈는 단순해서 지금까지 자신에게 이 정도의 반항을 한 적이 없었는데 어지간히 화가 난 모양이었다.

"기어코 왔구만. 이렇게 할 정도로 화가 난 건가?"

"밥, 나를 피하다니 실망이오. 피한다고 해결될 거라 생각했습니까?"

"그러니까 만나지 않으려고 한 거야. 헌즈, 조금만 더 기다리면 놈들은 우리 페이스로 끌려 들어올 수밖에 없어. 놈들이 언론을 동원하고 있는 건 그만큼 안달이 났단 뜻이야. 무슨 뜻인지 모르겠어?"

"나는 그런 거 모릅니다. 저걸 보고 말하세요. 아직도 텔레비전에서는 나를 손가락질하며 비겁자라고 말합니다. 밥, 내가 정말 비겁자요?"

"이 사람아, 그럴 리가 없잖아. 저건 돈 킹이 꾸며 낸 음모에 불과해!"

"내가 들어보니 허리케인은 경기를 성사시키지 못하면 돈 킹과의 계약을 파기하겠다고 으름장을 놨더군요. 밥, 나는 당신이 얼마를 더 버는지는 관심이 없습니다. 한마디만 하죠. 당장 허리케인과 날짜를 잡아주시오. 만약 그렇지 않으면 나 역시 당신과의 계약을 해지하고 다른 프로모션을 찾아보겠소!"

*　　　　*　　　　*

5월의 푸르름과 가장 어울리는 곳은 젊음이 넘쳐흐르는 캠퍼스다.

캠퍼스는 5월이 되자 생동감으로 가득 찼다.

학생들의 얼굴에는 웃음꽃이 피었고 캠퍼스에는 꽃과 나무들이 따뜻한 봄 햇살과 함께 사람들의 마음을 정화시켰다.

캠퍼스는 축제를 알리는 플랜카드로 덮여 있었다.

서울대의 축제는 대학 축제 중에서 가장 재미없는 것으로 유명했지만 그럼에도 각 단과 대학에서 마련한 행사 플랜카드가 여기저기에서 날 봐달라는 듯 펄럭거리고 있었다.

김철중이 다가온 것은 강의가 끝난 후 점심을 먹기 위해 걸어 나갈 때였다.

3학년 들어 경영대 학회장을 맡은 김철중은 요즘 얼굴 보기가 힘들었는데 오늘은 웬일인지 최강철을 향해 슬금슬금 다가왔다.

"선배님, 잠깐 시간 좀 내주실 수 있겠어요?"

"뭔데?"

"드릴 말씀이 있습니다."

"밥 먹으러 갈 거야. 같이 먹을래?"

"그럼요."

두 사람이 걸어 나가자 중간에서 박정빈과 김현영이 따라붙었다.

그들은 멀찍이서 두 사람의 대화를 지켜보다가 뒤늦게 따라붙었는데 뭔가 내용을 아는 것 같았다.

대학 구내식당은 학생들로 언제나 만원이다.

하지만 그 시간도 한 시간만 지나면 언제 그랬냐는 듯 한산하게 변한다.

밥을 먹고 커피를 뽑은 후 경영대 쪽으로 걸어가 잔디밭에 앉았다.

이제 학생회 일로 얼굴 보기 힘들었던 김철중의 이야기를 들어볼 시간이었다.

"이제 말해봐. 뭐야?"

"어제 총학생회장이 찾아왔습니다. 선배님께 부탁드리고 싶은 게 있으니까 꼭 한번 만나게 해달랍니다."

"나한테 부탁할게 있다고, 그게 뭐지?"

"축제 마지막 날 총학생회에서 주관하는 전체 행사가 있습니다. 그때 총장님 인사도 있고 선배님들과의 대화 시간, 각 동아리에서 마련한 공연도 있는 모양이에요. 그런데……."

"그런데 뭐?"

"선배님도 아시겠지만 전체 행사에는 사람들이 오지 않아요. 총학에서 신경 쓰고 매년 마련하는 행사지만 재미가 없어선지 텅텅 비거든요. 그래서 총학생회장이 선배님께서 참석해주기를 부탁할 모양입니다."

"나보고 얼굴마담 해달라는 얘기냐?"

"그런 거죠. 더불어 옛날 동아리에서 노래한 게 소문이 났나 봐요. 가능하면 기타 연주도 부탁드릴 생각인 것 같아요."

"말도 안 되는 소릴 하고 있네. 싫다!"

"지금 생각이 복잡하다는 건 알지만 오랜만에 학생들을 위해서 참석해 주세요. 서울대생들은 축제 때만 되면 창피해서 얼굴 들고 다니지를 못해요. 다른 학교 학생들이 맨날 놀린단 말입니다. 행사라고 있는 것들이 대부분 학술 세미나 같은 거라서 여자 친구들을 데리고 올 생각조차 못 해요. 그러니까 선배님, 불쌍한 중생들을 위해서라도 한번 나서주시죠?"

"어째 너 행동이 이상하다? 총학생회장이란 놈은 아직 코빼기도 안 보였는데 왜 네가 더 난리냐?"

"사실… 그 아이디어를 낸 게 저거든요."

최강철이 슬그머니 째려보자 김철중의 고개가 땅바닥을 향해 팍 내리꽂혔다.

더불어 옆에 있던 놈들도 비슷한 행동으로 그와 생각이 같다는 걸 나타냈다.

"통촉하여 주시옵소서. 부디 행사에 왕림하여 불쌍한 총학과 학우들을 구해주시길 간절히 바라옵나이다!"

총학생회장의 정식 부탁을 받은 최강철은 고개를 끄덕인 후 참석하겠다는 말을 해주었다.

얼마나 긴장했던지 부들부들 떨던 총학생회장은 그의 허락이 떨어지자 자리에서 벌떡 일어나 허리를 열두 번이나 더 숙인 후 자리를 떠나갔다.

축제에 참석하겠다고 한 건 두 가지 이유 때문이었다.

하나는 2년 내내 자신을 따라다니며 봉사를 했던 김철중에 대한 배려였고 또 하나는 대학 3학년이 되도록 제대로 된 추억 하나 만들지 못했다는 자괴감 때문이었다.

비록 수업을 빼먹지 않기 위해 노력했지만 막상 되돌아보면 대부분의 청춘이 하는 짓을 그는 하나도 해보지 못했다.

학교생활의 반은 사람들을 만나러 돌아다녔고 나머지 반은 복싱을 위해 시간을 보냈으니 그는 학생들의 낭만을 경험한 적이 없다.

더불어 이 시간이 어쩌면 그에게 남겨진 마지막 시간일지 모른다.

현재 미국에서는 돈 킹과 밥 애런의 실무 협상이 본격적으로 진행되고 있어 조만간 경기가 잡힐 가능성이 컸다.

그의 판단은 정확했다.

돈 킹과 밥 애런의 생각을 정확하게 읽고 직접 나선 것이 상황을 풀어나가는 묘수로 작용했다.

밥 애런은 더 많은 돈을 원했고 돈 킹은 그것을 핑계로 시합을 원하지 않았으니 두 사람은 시늉만 하면서 시간만 끌고 있었기에 먼저 NBC 측에 전화를 걸어 인터뷰를 하겠다고 말했다.

그리고 그 인터뷰가 나간 후 상황이 변하기 시작했다.

헌즈가 먼저 견디지 못했고 그 뒤를 밥 애런이 따랐다.

어제 온 돈 킹의 전화 내용은 밥 애런과 커다란 사안은 대부분 협의했고 주관 방송국 선정과 경기장 섭외 등에 관한 것들만 남았다는 것이었다.

결국 가장 민감한 사안들은 전부 해결되었다는 뜻이다.

이제 실무 협상까지 끝나면 날짜가 정해진다.

그리고 그는 그 날짜가 정해지는 대로 또다시 훈련에 돌입할 생각이었다.

기대감으로 가슴이 스멀거리며 조여왔다.

두려움이나 긴장감 때문이 아니라 간절하게 원하던 것을 이루게 되었다는 흥분 때문이었다.

'디트로이트의 코브라', '히트맨'이란 별명을 가지고 있는 토머스 헌즈.

그와의 대결은 복싱을 시작하면서 계속 가져왔던 꿈이었다.

기다려, 헌즈.

링에서 당신과 만날 날을 나는 간절히 기다려 왔어.

사람들은 체급이 차이나는 것 때문에 내가 불리하다는 평가를 내리고 있으나 절대 그렇지 않을 거야.

방심하지 말고 열심히 훈련해서 나와.

나를 실망시키지 말란 말이다!

*   *   *

서울대 총학생회에서 마련한 행사는 대운동장에서 벌어졌다.

다른 때와 달리 총학생회 측은 이번 행사를 대대적으로 홍보하며 최강철의 참석을 알렸다.

누군가가 대학의 꽃은 미팅이고 축제는 그 미팅을 성사시켜주는 멍석이라는 말을 했다.

공부벌레라고 알려진 서울대 학생들도 축제가 다가오자 짝을 찾기 위해 몸부림을 쳤다.

미팅에서 만난 타 대학의 학생들은 서울대 축제에 커다란 기대를 가지고 왔다가 돌아가면서 땅바닥에 떨어진 돌멩이를 마구 걷어찰 정도로 실망한다.

그만큼 재미없는 게 서울대의 축제였다.

그럼에도 학업에서 벗어난 학생들은 축제 기간만큼은 들뜬 분위기에 젖어갔다.

평소에는 보이지 않았던 광경들.

술에 취해 비틀거리는 학생들과 삼삼오오 여학생들과 잔디밭에 모여 이야기하는 모습들이 여기저기서 보였다.

미팅에 참석한 것은 박정빈과 김현영뿐이었다.

4인방 중 하나는 지금 학생회 일로 정신이 없었고, 유상식은 군대를 가버렸기 때문에 둘이서만 조촐한 미팅 자리를 가졌다.

오늘 최강철이 출연하는 마지막 행사에 참여하기 위해 모든 인맥을 동원해서 만든 미팅이었다.

먼저 자리를 잡고 기다리자 문이 열리며 두 명의 아름다운 여자들이 들어오는 게 보였다.

심봤다.

숙대 영문학과 3학년인 그녀들은 한눈에 봐도 뺙 갈 정도로 상당한 미모를 가지고 있었다.

미팅의 기본인 호구 조사가 시작되었고 상대에 대한 정보가 어느 정도 드러나자 곧 화제는 축제에 관한 것으로 옮겨갔다.

먼저 입을 연 것은 단발머리를 하고 있는 김미영이었다.

"오늘 축제 마지막 날이라면서요?"

"그렇습니다."

"서울대 축제는 정말 재미없다고 하던데 정말이에요?"

"그게… 사실입니다."

박정빈이 옆에 앉아 있는 김현영의 눈치를 보면서 입맛을 다셨다.

거짓말해 봤자 소용없다.

그녀들을 데리고 축제에 참여할 생각이었는데 그녀들은 이미 서울대의 극비 사항을 눈치채고 있는 것 같았다.

그때 두 사람의 대화를 듣고 있던 김현영이 불쑥 나섰다.

"오늘은 다를 겁니다."

"무슨 말씀이시죠?"

"사실 저희들은 두 분을 마지막 축제 행사에 모시고 가기 위해 미팅을 한 겁니다. 오늘 가지 않으면 후회할 거예요. 그 행사에 엄청 유명한 사람이 나오거든요."

"유명한 사람 누구? 혹시 가수나 영화배우가 나오나 보죠?"

"그 정도라면 말도 안 꺼냈죠. 훨씬 더 유명한 사람입니다."

"아우, 궁금해요. 누군데 그래요?"

"태풍을 몰고 다니는 남자, 바로 허리케인입니다!"

"어머, 어머, 정말이에요? 정말 최강철 선수가 나온단 말이에요?"

지금까지 시큰둥한 표정으로 조용히 앉아 있던 민혜숙이 김현영의 말을 듣고 펄쩍 뛰어올랐다.

그녀는 김현영과 파트너가 된 후 마땅치 않은 표정을 짓고 있었는데 그녀의 눈에 차지 않았던 게 분명했다.

김현영은 그녀가 반응을 보이자 이때다 싶었던지 해서는 안 될 말까지 떠들었다.

"그 선배님과 우린 무척 친한 사이예요. 그래서 잘 알거든요. 아마 오늘 출연해서 노래를 할지도 몰라요."

"그분이 노래까지 한다고요? 최강철 선수가 노래 잘해요?"

"장난 아닙니다. 예전에 한번 들어봤는데 기타 솜씨도 대단해요."

"그거… 그거 몇 시부터 해요? 우리도 거기 가는 거죠?"

김철중은 총학을 도와 행사를 준비하다가 몰려드는 사람들을 바라보며 입을 떡 벌렸다.

매년 개최하는 행사였으나 마지막을 장식하는 이 행사는 학생들에게 외면을 받을 정도로 고리타분해서 운동장의 20%만 겨우 찰 정도였다.

그것도 총학과 관련된 학생들이 강제적으로 동원됐는데 그만큼 이 행사는 인기가 바닥이었다.

학생들은 누군가에게 설교 듣는 걸 질색으로 여긴다.

그랬기에 총장부터 잘나가는 선배들까지 줄줄이 나와 젊은 이가 가져야 할 꿈이 어떻고, 서울대생으로서의 명예 어쩌고 하는 연설을 듣기 위해 이곳까지 올 이유가 없었다.

하지만 오늘은 대박이 터졌다.

행사는 오후 5시부터 시작하는 것으로 계획되어 있었으나 학생들은 4시가 조금 넘자 몰려들기 시작했는데 그 숫자가 무지막지할 정도였다.

대운동장이 모두 찬 것은 5시가 되기도 전이었다.

누가 봤다면 다른 대학들처럼 인기 가수들을 대거 출연시켜 즐겁게 노는 행사라고 생각했을 것이다.

물론 오늘 총학이 마련한 행사에도 노래와 춤이 있지만 그건 동아리에서 마련한 것이지 돈을 들여 가수들을 초청한 것은 아니었다.

김철중은 앰프의 위치를 옮기다가 무대 뒤편으로 다가오는 최강철을 확인하고 급하게 달려왔다.

"선배님, 오셨습니까?"

"이게 뭔 일이냐?"

"아마 선배님이 출연한다는 것 때문에 그런 것 같아요."

"내 얼굴 보려고 이렇게 많은 사람이 왔단 말이야? 철중아, 네가 봤을 때 내가 영화배우처럼 잘생겨 보이니?"

"그럴 리가요. 하지만 선배님은 대한민국의 영웅 아닙니까. 더군다나 오늘 선배님이 노래까지 한다고 소문이 돌아서 학생들이 난리가 아니에요."

"인마, 내가 언제 노랠 부른다고 그랬어? 이놈이 무슨 소릴 하는 건지 모르겠네."

"저도 왜 그런 소문이 났는지 모르겠지만 소문이 돈 건 사실입니다."

당황한 얼굴로 묻자 김철중이 머리를 긁적거렸다.

자신도 소문의 진원지가 어딘지 정확하게 알지 못한다.

하지만 소문은 꼬리를 물고 퍼져나가 학생들에게 전파되었고 눈에 보이는 것처럼 엄청난 인파가 몰려들었다.

아마 이 중 상당수가 서울대 학생들의 초청을 받은 다른 학교 학생들일 것이다.

그들은 최강철을 실물로 본 적이 없으니 커다란 기대를 가지고 왔을 게 뻔했다.

최강철은 대운동장을 꽉 채운 학생들을 바라보며 한숨을 길게 흘려냈다.

엄청나게 많다.

이보다 더 많은 관중 앞에서 시합을 여러 번 했지만 그건 복싱 경기였기 때문에 가능했던 것이지 단순하게 얼굴을 보기 위해 몰려든 인원이라고는 믿겨지지 않을 만큼 많았다.

더 기가 막힌 것은 방송국 카메라 기사들이 주섬주섬 무대를 향해 카메라를 설치하고 있다는 것이었다.

최강철은 그 모습과 대운동장을 가득 채운 학생들을 번갈아 바라보다 결심을 한 듯 김철중을 향해 입을 열었다.

"철중아, 기타 있어?"

"예?"

"기타 있냐고?"

"있습니다. 앰프 달린 기타가 여러 대 준비되어 있습니다."

"그거 하나 줘봐."

"선배님… 하실 겁니까?"

"그럼 어떡해. 이 자식아, 네가 사고를 쳐놨으니 수습을 해야 되잖아!"

"감사합니다. 감사합니다, 선배님!"

최강철은 처음부터 연단에 자리가 마련되어 있지 않았다.

그가 아무리 유명한 사람이라도 연단에 앉은 총장과 각 단과대의 학장들, 그리고 기라성 같은 대선배들과 같은 자리에 앉는다는 건 예의에 맞지 않는 일이었다.

행사가 시작되자 학생들이 그렇게 싫어하는 연설들이 시작되었다.

지루하긴 지루하다.

행사의 1부 순서는 총장과 몇 명의 학장들, 선배들의 인사말이 계속 이어졌는데 그 시간이 거의 1시간 가까이 소요되었다.

대운동장을 가득 메운 학생들이 온몸을 뒤틀기 시작한 것은 연설이 30분을 넘어섰을 때부터였다.

아무리 좋은 소리도 똑같은 이야기를 듣게 되면 금방 싫증이 나는데, 더군다나 이 자리의 반 정도를 차지하고 있는 건 다른 학교 학생들이었으니 그 답답함이 오죽했겠는가.

겨우 1부 행사를 무사히 마치고 2부 행사가 시작되자 지루함에서 벗어난 학생들의 눈이 초롱초롱 밝아졌다.

2부에서는 클래식 기타 동아리에서 4중주 기타 합주를 연주했고 노래 동아리에서 나와 몇 곡의 대중가요와 팝송을 불렀다.

민속반의 탈춤과 농악대 연주가 끝난 후 서울대 출신 인기

가수 이정석이 무대로 나오자 학생들의 입에서 환성이 터져 나왔다.

이정석은 요즘 한창 인기를 끌고 있었는데 그가 부른 '너의 영혼'은 가요 프로그램에서 4주째 1위를 차지할 정도로 빅 히트를 쳤다.

그의 노래가 진행되자 어수선했던 분위기가 가라앉으며 학생들의 눈이 무대로 집중되었다.

이정석의 목소리는 더없이 달콤했고 감미로워 여학생들은 물론이고 남학생들의 감성까지 자극했다.

그의 노래가 끝났을 때 커다란 박수와 함성이 터져 나왔다.

서울대 축제에서는 극히 보기 힘든 인기 가수의 노래를 들었으니 학생들은 그 감동을 아낌없이 표현해 주었다.

사회를 보던 김철중이 마이크를 잡은 것은 이정석이 인사를 하고 무대 뒤편으로 사라졌을 때였다.

"학우 여러분, 그리고 저희 서울대를 찾아주신 타 학교 학생 여러분, 이제 마지막 순서만 남았습니다."

김철중의 말 한마디에 가장 뒷줄에 앉아 있던 학생들부터 함성을 지르며 일어서기 시작했다.

간절했던 기다림.

마치 파도가 치는 것 같았다.

뒤쪽에서부터 시작된 물결은 파도가 되어 맨 앞줄에 앉아 있던 학생들까지 일어나게 만드는 괴력을 발휘했다.

김철중은 그 광경을 지켜보며 가슴이 벅차오르는 감동을 느꼈다.

"제가 아직 소개하지 않았는데도 모든 분이 이미 알고 계시는군요. 그렇습니다. 이제 제가 소개시켜 드릴 분은 서울대의 자랑이자, 대한민국의 영웅이며, 저의 우상이기도 합니다. 소개시켜 드리겠습니다. 허리케인, 최강철 선숩니다!"

최강철은 무대 뒤에서 기타를 들고 기다리다가 김철중의 소개를 듣고 눈살을 가볍게 찡그렸다.

쩝, 저 자식 뭐라는 거야!

천천히 걸어 무대로 나가자 대운동장을 가득 메우고 있던 학생들의 입에서 거대한 함성과 연호가 동시에 흘러나왔다.

걸어 나오다가 깜짝 놀랐다.

이정석이 노래를 끝내고 들어와 자신이 서 있는 걸 보더니 사인을 해달라고 요청하는 바람에 잠시 한눈을 파는 사이 모든 학생이 자리에서 일어났다는 걸 뒤늦게 알았기 때문이다.

"허리케인, 허리케인, 허리케인!"

무대로 나와 인사를 한 후 한동안 조용히 서 있었다.

이런 함성 속에서는 어떤 말도 할 수 없었기 때문이다.

얼마나 지났을까.

운동장을 가득 채웠던 함성과 연호가 서서히 가라앉기 시작하자 최강철은 마이크를 잡고 천천히 입을 열기 시작했다.

"안녕하십니까, 최강철입니다. 여러분의 환영에 진심으로 감사를 드립니다. 저는 여러분께서도 잘 아시는 것처럼 곧 토머스 헌즈라는 당대의 영웅과 시합을 갖게 될 것 같습니다. 이번에도 실망시켜 드리지 않도록 최선을 다해 싸울 생각입니다. 그러니 너무 걱정하지 말아주십시오."

또다시 일어서는 함성.

최강철이 던진 인사만으로도 학생들은 두 주먹을 불끈 치켜들며 최강철의 이름을 다시 연호했다.

그런 행동을 최강철은 손을 들어 진정시켰다.

"제가 헌즈 선수에게 도전한 것은 대한민국 젊은이들이라면 누구나 가지고 있는 용기가 있었기 때문입니다. 우리나라 젊은이들은 오랜 독재에 죽음을 무릅쓰며 사투를 벌였고 지금 이 순간도 사회정의와 대한민국을 발전시키기 위해 노력하고 있습니다. 저는 오랜 시간 미국에 있었던 탓에 여러분과 같이 싸우지 못했지만 마음만은 언제나 함께하고 있었습니다. 저는 여러분을 존경합니다. 대한민국의 미래는 여러분의 손에 달려 있습니다. 여러분의 도전 의지와 투지만 있다면 대한민국은 세계 그 어떤 나라보다 잘살 수 있게 될 겁니다. 저역시 그렇게 할 수 있도록 노력하겠습니다. 멋진 대한민국을 위해서 말입니다."

최강철이 뒤로 한 발 물러서며 인사를 하자 구름같이 몰려 있던 학생들이 전부 펄쩍펄쩍 뛰었다.

감동을 받은 사람은 저도 모르게 열이 오르며 흥분에 사로잡히는데 그것을 보내준 사람이 누구냐에 따라 여운의 강도가 달라진다.

뇌관에 불을 붙였다.

최강철은 이곳에 몰려 있는 학생들의 감성에 불을 붙여 화끈하게 타오르도록 만들어 버렸다.

장관이다.

거의 2만에 달하는 학생이 전부 일어나 동시에 함성을 지르자 마치 폭탄이 터진 것처럼 들렸다.

시간이 지날수록 사람들의 숫자는 늘어나 이제 스탠드조차 설 수 있는 곳이 없을 정도였으나 뒤늦게 참여하기 위해 달려오는 학생들의 숫자는 아직도 셀 수 없이 많았다.

한동안 뒤로 물러서 있던 최강철이 기타를 높이 치켜든 것은 조금씩 함성 소리가 작아지기 시작할 때였다.

"저를 이곳에 참석해 달라고 했던 후배가 사기를 쳤다는 걸 뒤늦게 알았습니다. 제 후배는 총학에서 일하는데 어이없게도 오늘 사회를 보고 있네요. 저 친구가 아마 여러분이 들었던 소문의 진원지일 겁니다. 제가 오늘 노래를 부른다는 소문 말입니다."

최강철이 자신을 가리키자 김철중이 팔을 번쩍 들어 올리며 승리의 브이 자를 마구 그어댔다.

놈은 수많은 학생 앞에서 최강철이 자신을 호명해 준 게 더없이 영광스러운 모양이었다.

"저는 오늘 여러분께 인사만 드리고 가는 것으로 계획되어 있었습니다. 하지만 이렇게 많은 분이 오셨으니 도저히 그냥 들어가기 어렵겠네요. 저는 노래를 잘하지 못합니다. 하지만 여러분들이 허락해 주시면 한 곡 부르겠습니다, 여러분 제 노래를 듣고 싶으신가요?"

"예!"

모든 학생이 동시에 소리를 질렀다.

그들은 최강철이 노래를 하지 않고 그냥 들어가면 데모라도 할 기세였다.

그랬기에 최강철은 쓴웃음을 지으며 기타를 고쳐 멨다.

"감사합니다. 그럼 허락하신 걸로 알고 한 곡 부르겠습니다. 제가 부를 노래는 저와 여러분이 같이 불러야 하는 노랩니다. 이 노래는 우리 모두의 것이기 때문입니다."

최강철의 손이 움직이기 시작했다.

아르페지오로부터 시작된 전주는 강력한 포크로 이어졌는데 학생들이 수없이 불렀던 익숙한 것이었다.

"거센 바람이 불어와서, 어머님의 눈물이……."

비장하면서도 장엄함이 물씬 풍겨 나온 노래가 단박에 학생들이 가슴을 저격했다.

이 노래는 대한민국 대학생이라면 누구나 알았고 수많은 사연을 가졌기에 그 의미가 너무나 특별했다.

노래는 최강철이 먼저 시작했으니 곧 거대한 합창으로 변해 대운동장을 휘돌았다.

노래가 주는 감성과 최강철이 무대에 서서 노래를 부른다는 감동이 학생들을 전율에 사로잡히도록 만들고 있었다.

절정으로 치닫자 조심스럽게 부르던 학생들의 목구멍이 찢어질 것처럼 벌어졌다.

노래는 절규가 되었고 눈물이 되었으며 의지가 되었다.

그래, 바로 그거다.

너희들은 지금처럼 영원히 변치 않는 푸른 소나무가 되기를 바란다.

기득권의 더러움에 물들지 않고 가족과 친구, 그리고 모든 사람에게 희망과 웃음을 주는 멋진 소나무.

어떤 힘든 일이 있어도 부러지지 않고 당당하게 살아남아 세상을 푸르게 빛내는 올곧은 소나무가 되어라.

*　　　　　*　　　　　*

유진선은 '뉴욕의 사랑' 마지막 촬영을 이틀 전에 끝내고 오랜만에 집에서 쉬는 중이었다.

'뉴욕의 사랑'은 2달 전부터 방영되었는데 시청률이 무려 34%까지 나왔기에 여주인공인 유진선에게는 광고 계약이 쇄도하고 있었다.

이런 걸 바로 대박이라고 한다.

드라마 하나로 팔자를 고친 사람들을 여럿 봤는데, 그녀도 이런 일을 겪게 될 줄은 꿈에도 생각하지 못했다.

이제 며칠 후부터는 광고 촬영 스케줄이 빽빽하게 잡혀 있기 때문에 이런 휴식도 얼마 남지 않았다.

촬영을 하느라 먹지 못했던 라면을 실컷 먹었다.

행복했다.

탤런트란 직업은 스포트라이트를 받으며 우아하게 산다고 생각하겠지만 당사자들은 수많은 고통에 시달린다.

먹고 싶은 것도 제대로 먹지 못하고, 당당하게 남자 친구와 데이트하는 건 꿈도 꾸지 못한다.

밖에 나가 쇼핑도 하고 친구들과 어울리고 싶지만 그녀를 알아보는 사람들로 인해 함부로 나가기가 어려웠다.

그랬기에 오늘도 박정현을 집으로 불러 같이 시간을 보내며 휴가를 즐겼다.

오늘따라 라면을 잘 끓였다.

면발이 쫄깃했고 물의 양도 잘 맞춰서 국물 맛이 죽여줬다.

"정현아, 너 라면집이나 해라. 탤런트 그만두고 라면집 해. 내가 단골 돼줄게."

"이것이 죽을라고. 야, 차라리 시집가라고 그러지!"

"호호, 너무 맛있어서 그래. 우리 밥 말아 먹을까?"

유진선이 국물만 남아 있는 냄비 그릇을 바라보며 입맛을 다시자 박정현이 어이없는 표정을 지었다.

여신이 다 나가 죽었다.

사람들은 '뉴욕의 사랑'을 보면서 그녀에게 여신이란 칭호를 붙여주었지만 현실에서 보는 그녀는 밥순이가 따로 없었다.

"너 그러다가 광고 못 찍어. 뚱땡이가 되어서 딱 나타나 봐라. 아마 광고 회사에서 기절할걸?"

"라면 몇 그릇 먹었다고 금방 뚱땡이 되겠어? 하긴, 이젠 조심하려고 해. 이틀 동안 줄곧 먹어댔더니 살이 쭉쭉 올라오네."

"화장품 모델하고, 에어컨이랬지?"

"응."

"좋겠다. 난 언제 그런 거 해본다니?"

"곧 들어올 거야. 너 예쁘잖아."

"말이라도 고맙다. 설거지는 네가 해. 난 오징어 구울 테니까."

"헐, 맥주 마시자고?"

"입가심해야지. 맥주 한 캔 쫘악 때리면서 봐야 영화의 사실감이 살아나는 거야."

"오케이!"

둘이 있어도 재밌다.

남자가 둘이 있으면 십 분 지나고부터 침묵에 사로잡히지만 여자들은 끊임없이 대화가 이어진다.

설거지가 끝나고 술상을 차린 두 여자가 거실에 앉아 자세를 잡았다.

비디오 가게에서 빌려온 '양들의 침묵'을 보기 위함이었다.

조디 포스터가 주연한 '양들의 침묵'은 작년에 개봉했는데 촬영 때문에 계속 미루다가 이제야 볼 수 있게 되었다.

하지만 그녀들은 비디오를 보기 위해 텔레비전을 켜다가 순식간에 모든 동작을 정지시켰다.

화면에서는 최강철의 모습이 보였는데 수많은 관중 앞에서 기타를 들고 있었기 때문이다.

"어머, 저게 뭐야?"

"조용히 해봐."

"기타 들었잖아. 저 사람 지금 뭐 하는 거지?"

"아휴, 조용하라니까."

유진선의 재촉에 박정현이 잠시 입을 닫았다.

텔레비전에서는 국민들의 영웅 최강철이 서울대 축제에 출연한 소식을 전하며 노래까지 했다는 멘트를 하고 있었다.

"진선아, 정말 노래하나 봐."

"아… 기타도 칠 줄 아는 모양이네. 저 사람 도대체 못 하는 게 뭐야?"

"아주 여자들 죽이려고 환장한 거 아냐? 우와, 저 기타 솜씨 봐라. 끝내주잖아!"

여기까지가 두 여자가 한 대화의 전부였다.

최강철이 기타를 치는 순간부터 두 여자의 시선은 화면에 고정된 채 떨어질 줄을 몰랐다.

그냥 고정된 게 아니라 몸을 움찔거리고 있었다.

수많은 대학생과 하나가 되어 노래를 부르는 최강철의 모습을 보면서 그녀들은 전율에 젖어 자신들도 모르게 몸을 떨어댔다.

서울대 축제에 나선 최강철의 모습은 방송을 타고 전국으로 퍼져 나갔다.

참 별일이다.

뉴스가 이렇게 무한 반복 된 건 처음 있는 일이었다.

사람들은 최강철이 노래하는 장면을 다시 보기 위해 재방 요청 전화를 수없이 했기 때문에 방송국에서는 뉴스 때마다 그 모습을 내보냈다.

하지만 사람들을 진짜 흥분시킨 일은 그다음에 일어났다.

최강철과 헌즈의 시합 날짜가 잡혔다는 발표가 나온 건 서울대의 축제가 끝난 후 정확히 일주일이 지났을 때였다.

<결전, 최강철 드디어 헌즈와 외나무다리에서 만나다!>
<허리케인과 킹코브라의 전쟁 확정>

언론들이 동시에 터뜨린 경기 일정이 나가자 대한민국은 그야말로 태풍 속에 사로잡혔다.

기다리면서도 기다리지 않았다.

어떤 이유든 대한민국 국민들은 최강철이 헌즈와 싸우지 않기를 간절히 바라고 있었다.

최강철의 용기 있는 선택을 들은 후 대놓고 반대하는 짓은 하지 않았지만 속으로는 이 시합이 성사되지 않기를 간절히 기도했다.

밥 애런이 시합을 미룬다는 소리를 들었을 때 입으로는 욕을 하면서 비난했지만 마음속으로는 안도의 한숨을 내쉬었다.

그를 사랑하기 때문이다.

그가 링에서 쓰러지는 장면은 상상하기도 싫었다.

그러나 한 달 전부터 급격하게 경기가 추진된다는 소문이 돌더니 기어코 시합이 결정돼 버리자 국민들은 삼삼오오 모여 앉아 한숨을 흘려내기 바빴다.

계속 거론돼 온 것이지만 불리해도 너무 불리했다.

최강철이 타이틀을 반납하는 것 자체도 싫었고 비록 체중을 올려 싸운다 해도 헌즈의 괴물 같은 피지컬을 감안한다면 도저히 이길 것 같지 않았다.

그랬기에 사람들은 경기 일자를 확인하면서 낙심을 금치 못했다.

경기가 잡힌 날짜는 지금부터 정확히 5개월 뒤인 11월 7일이었고, 경기 장소는 밥 애런과 헌즈의 홈 링인 라스베이거스 시저 팰리스 특설 링이었다.

파이트머니는 최강철과 헌즈가 역대 최대액인 2천만 달러를 받는다.

천문학적인 돈이었으나 복싱 팬들은 그들의 파이트머니에 대해서 가타부타 말이 없었다.

오직 그들의 관심은 최강철이 체격의 열세를 딛고 일어서 헌즈를 꺾을 수 있느냐는 것뿐이었다.

경기가 결정되면서 세계 각국의 글로벌 기업들이 전부 달라붙었다.

그들은 이번 경기를 후원하기 위해 치열한 각축전을 벌였는데 최종적으로 50개 기업이 자신들의 로고를 경기장에 달 수 있었다.

경기 중계를 위한 방송국의 경쟁도 치열했다.

이 경기를 중계하기 위해 3 대 방송국이 전부 달라붙었는데 승자는 ABC였다.

최강철은 경기 날짜가 정해지자 미련 없이 통합 타이틀 챔피언 벨트를 반납했다.

헌즈가 챔피언 벨트를 차지하고 있는 WBA 측에서 벨트의 반납을 요청했기 때문이다.

헌즈와의 대결을 위해서는 최강철을 슈퍼 웰터급 랭킹에 올려야 되는데 챔피언 벨트 반납은 그 일환으로 진행된 것이었다.

경기 일정이 잡혔다는 뉴스가 나간 후 불과 이틀 만에 최강철이 챔피언 벨트들 반납했다는 소식에 한국 국민들은 마지막 희망조차 사라지자 아쉬움을 금치 못했다.

이제 물릴 수도 없다.

챔피언 벨트까지 반납했으니 이제 남은 것은 최강철이 헌즈와의 대결에서 이겨주기를 바라는 수밖에 없다.

*   *   *

성호체육관 3층에 모여 앉은 최강철과 윤성호, 이성일의 표정은 잔뜩 굳어져 있었다.

오늘 모인 것은 늘 해온 것처럼 훈련에 들어가기 전에 스케줄을 조율하고 식단을 상의하기 위함이었다.

아직 5개월이 남았으니 시간은 충분했다.

최강철은 시합을 앞두고 체중 조절에 실패한 적이 없으나 평상시의 체중에서 3kg를 빼야 했기 때문에 칼로리를 정확하게 계산해서 정해진 식단에 의해 식사를 했다.

하지만 이번에는 다르다.

슈퍼 웰터급의 체중은 웰터급에 비해 한계 체중이 4kg이나 많다.

다시 말해서 최강철은 현재의 체중을 유지하며 경기에 나서야 된다는 뜻이다.

복싱에서 4kg의 차이는 평상시 몸무게가 최소 8kg 이상 차이가 난다.

그건 불과 한 체급이었지만 선수들이 가지고 있는 골격과 키, 리치 등 신체 구조가 월등하다는 걸 의미한다.

전 세계의 전문가와 복싱 팬들이 이번 경기에서 최강철의 절대적인 약세를 점치는 것은 그런 이유가 있기 때문이었다.

키와 리치는 물론이고 훈련을 통한 자연스러운 감량조차

허락되지 않으니 불리한 것이 한두 가지가 아니었다.

더군다나 상대는 절대 강자 킹코브라 헌즈였다.

"식단은 이미 전문가에게 의뢰해서 준비해 놨으니까 그대로 먹으면 된다. 전문가들이 그러는데 그렇게 먹으면 훈련을 강하게 해도 체중이 빠지지 않을 거래."

"이거 너무 많이 먹어서 살이 통통하게 오르겠는데요?"

"걱정하지 마. 그렇게 되지 않을 정도로 확실하게 굴려줄 테니까."

"겁나게 왜 이러세요."

윤성호가 내민 식단표를 보면서 최강철이 쓴웃음을 지었다.

그동안 먹었던 식단과 비교해 보니 진수성찬이 가득 펼쳐져 있었다.

사람이 살이 빠지는 이유는 간단하다.

인풋보다 아웃풋이 많아야 살이 빠진다.

전문가들이 마련한 식단은 충분한 칼로리를 공급해서 훈련으로 소모되는 칼로리를 보충하는 것이었다.

"훈련은 이틀 후부터 시행할 생각이다. 그러니 한동안 못 볼 테니까 부모님한테 인사나 하고 와. 미국은 늘 하던 것처럼 경기 2달 남겨놓고 넘어갈 생각이다."

"하루 더 여유를 주세요."

"왜?"

"할 일이 하나 남아 있습니다!"

*   *   *

이창래는 요새 정신없이 움직였다.

실무에서 떠난 지 오래였지만 최강철과 헌즈의 대결이 확정
되면서 할 일이 태산처럼 밀려들었다.

미국 현지의 반응부터 WBA의 움직임과 전문가들의 예상
까지 시시각각 발생하는 변화를 체크하느라 몸이 열두 개라
도 부족한 실정이었다.

그것뿐인가, 이 역사적인 대결을 KBS 쪽에 양보하는 것도
보통 일이 아니었다.

미리 협약한 것에 의하면 당연히 KBS에서 방송할 차례였지
만 윗선에서는 절대 이 경기를 놓치고 싶어 하지 않았기 때문
에 계속 그를 압박하고 있었다.

국민들의 관심이 너무 뜨겁다 보니 방송을 하는 것도 온통
조심투성이였다.

이번 경기를 바라보는 국민들의 생각은 다른 경기와 근본
부터 달랐다.

다른 경기 때는 최강철의 승리를 장담하며 뜨거운 관심과

성원을 보냈지만 헌즈전을 바라보는 국민들의 생각은 온통 걱정투성이였다.

방송사의 딜레마는 여기서 비롯되었다.

객관적인 전력을 평가해서 사실대로 말하자니 국민들의 반응이 걱정되었고 그렇다고 승리를 예측하는 것도 어려웠다.

국민들의 수준이 그만큼 높아졌기 때문이다.

대놓고 말을 하지 않았지만 국민들은 헌즈의 경력을 줄줄 꿰고 있을 정도였기에 이 경기의 불리함을 너무나 잘 알고 있어 승리를 예측할 경우 방송사의 무지함을 성토할 게 분명했다.

이리저리 걱정투성이다.

그랬기에 그는 요즘 들어 밥을 먹고 사무실에 들어와도 편하게 신문조차 보지 못했다.

따르릉… 따르릉…….

전화벨이 울린 것은 비서가 커피를 놓고 나갔을 때였다.

어떤 새끼가 이 시간에 전화를 하고 지랄이야, 눈치도 없이.

그런 생각이었다.

하루 종일 정신없이 뛰어다니다가 겨우 저녁을 먹고 잠시 쉬려는 판에 전화벨이 울리자 짜증부터 몰려들었다.

그러나 그 짜증스러움은 수화기 너머에서 들려온 음성으로 인해 단박에 날아가 버렸다.

소파에 기대 있던 그의 몸이 벌떡 일어났다.

음성의 주인공이 다름 아닌 최강철이기 때문이었다.

"강철아, 네가 어쩐 일이야?"

―형님, 훈련 들어가기 전에 한번 뵙고 싶은데요.

"나를? 왜, 무슨 할 말이 있어?"

―예.

"뭔데 그래. 네가 만나자고 하면 겁부터 난다. 그래, 너 훈련 들어가면 만나기 어려울 테니 내일 밥이나 먹자. 어디서 만날까?"

―밥은 됐고요. 오늘 방송국에서 만나시죠.

"네가 방송국에 온다고?"

―어렵겠지만 오늘 특별 인터뷰를 하게 해주세요. 제가 국민들한테 드릴 말씀이 있습니다. 해주실 수 있겠습니까?

의외의 말에 이창래의 얼굴이 하얗게 굳어졌다.

특별 인터뷰라니?

갑작스러운 말에 머리가 텅 빈 것 같았다. 하지만 그는 곧 정신을 차리고 부리나케 입을 열었다.

최강철은 직접 쫓아가도 하늘의 별 따는 것처럼 인터뷰하기가 어려운 사람인데 방송국까지 와서 인터뷰를 한다고 하자 몸이 긴장되어 발음이 제대로 나오지 않았다.

"무슨… 내용인데?"

―그건 가서 말씀드리겠습니다.

"좋다, 무조건 준비해 놓을 테니까 와라. 몇 시면 되겠나?"

―저는 한 시간 후에 도착할 수 있습니다.

최강철이 도착한 후 이야기를 들은 이창래는 MBC 9시 뉴스 생방송 시간에 인터뷰를 준비했다.

워낙 중요한 이야기였기 때문에 전 국민이 볼 수 있도록 하기 위함이었다.

짧은 시간 동안 이창래는 미친 사람처럼 움직였다.

보도본부 쪽에 최강철의 인터뷰 내용을 이야기해 주자 중요한 손님을 만나 저녁을 먹던 보도본부장이 총알같이 튀어왔고 사장은 어떤 일이 있어도 방송하라는 오더를 내리며 거품을 물었다.

헐레벌떡 달려온 보도본부장은 이창래의 두 손을 꼭 쥔 채 벌벌 떨었다.

"이 국장, 정말 고마워. 내가 이 신세 잊지 않을게."

고맙기도 할 것이다.

9시 뉴스도 경쟁이 치열했다.

양쪽 방송사의 주력 프로그램이었고 동시간대에 국내외의 주요한 뉴스들을 전달하고 있었으니 다른 프로그램과 다르게 직접적인 시청률 비교가 바로바로 나오기 때문에 보도본부장은 늘 살얼음판을 걷는 것처럼 긴장 속에서 살아가고 있었다.

더군다나 요즘은 KBS 쪽에서 선전을 펼치고 있어 어떤 날은 시청률이 역전되는 일까지 생겨 스트레스를 달고 살았다.

보도본부장의 진두지휘 아래 부랴부랴 질문 내용이 만들어졌고 편성 순서가 조정되었다.

인터뷰는 헤드라인 뉴스 다음으로 준비되었는데 그사이 보도본부에서는 9시 뉴스에 최강철이 출연한다는 사실을 30분 간격으로 홍보했다.

뉴스가 시작되는 사인이 올라가자 아나운서들의 얼굴에서 긴장감이 새어 나왔다.

오랫동안 뉴스를 진행한 아나운서들이었으나 오늘은 긴장감으로 인해 손이 축축하게 젖을 판이었다.

"시청자 여러분, 안녕하십니까. 6월 3일 MBC 9시 뉴스를 시작하겠습니다."

제42장
킹 코브라

뉴스는 정상적으로 진행되고 있었으나 담당 PD를 비롯해서 뉴스 룸을 가득 채운 사람들은 긴장감으로 인해 연신 침을 삼키고 있었다.

뉴스 룸에는 보도본부장을 비롯해서 보도국장, 이창래와 관계자 등 수많은 사람이 몰려 있었는데 사장까지 지금 달려오는 중이라고 했다.

이윽고 헤드라인 뉴스가 진행된 후 메인 앵커를 맡고 있는 허정환이 자세를 곧추세웠다.

옆에 앉아 있던 하수경은 침을 꿀꺽 삼키며 허정환을 잠시 바라봤다가 급히 질문서로 눈을 돌렸다.

시작은 허정환이 하지만 최강철과의 인터뷰는 그녀가 진행하는 것으로 계획되어 있었기 때문에 긴장이 잔뜩 된 모습이었다.

"시청자 여러분, 저희 스튜디오에는 지금 아주 귀중한 분이 나오셨습니다. 저희 MBC 9시 뉴스에서는 지금까지 한 번도 특정 개인에 대한 인터뷰를 가진 적이 없지만 이분에 대해서만은 예외를 인정할 수밖에 없었습니다. 토머스 헌즈와의 결전을 앞둔 허리케인 최강철 선수를 스튜디오에 모셨습니다. 안녕하세요, 최강철 선수, 반갑습니다."

"안녕하세요. 최강철입니다."

"오늘 귀한 시간을 내주셨는데요. 이 자리에 나오기까지 상당한 망설임이 있었으리라 생각합니다. 혹시 출연을 결심하신 계기가 있었나요?"

"헌즈 선수와의 시합을 앞두고 국민 여러분께서 저의 근황에 대해 많은 궁금증을 가지고 계신다는 말을 들었습니다. 그래서 나오게 되었습니다."

"그렇군요. 그럼 지금부터 하수경 아나운서가 인터뷰를 진행하겠습니다."

허정환이 신호를 보내며 순서를 넘기자 기다리고 있던 하수경의 입이 천천히 열렸다.

9시 뉴스의 앵커답게 그녀의 목소리는 은쟁반에 구슬 굴러 가는 것처럼 청아했다.

그럼에도 긴장으로 목소리가 떨리는 건 막지 못했다.

"최강철 선수, 최근 서울대 축제에서 노래를 하셨어요. 어떻게 된 건가요?"

"후배들이 강제적으로 무대에 올리는 바람에 하게 되었습니다. 기타는 예전부터 쳤는데 제가 노래를 잘 못 부르기 때문에 학생들과 같이 불렀습니다."

"저는 화면으로 봤지만 그때 참석한 학생수가 2만 명에 가까웠다고 하더군요. 그 많은 학생과 같이 노래를 부르는 모습은 정말 장관이었습니다. 기타 솜씨가 상당하던데 언제부터 치신 거죠?"

"고등학교 시절부터 취미 삼아 쳤던 겁니다. 아나운서께서 말씀하신 것처럼 그렇게 높은 수준은 아닙니다."

최강철이 환하게 웃으며 대답해 주었다.

하수경은 그와 제대로 시선을 부딪치지 못하고 있었기 때문에 긴장을 풀어줄 필요가 있었다.

"그럼 헌즈 선수와의 시합에 대해서 몇 가지 물어보겠습니다. 헌즈 선수는 최강철 선수보다 키와 리치 등 체격 면에서 훨씬 유리한데요. 혹시 그에 대한 전략은 마련하셨나요?"

"그동안 시합이 계속 추진되어 왔기 때문에 개략적인 전략은 스태프들과 상의하고 있었습니다. 시합이 결정되었으니 이제부터 본격적으로 준비할 생각입니다. 헌즈 선수의 장단점을 철저하게 분석해서 경기에 임하려고 합니다."

"최강철 선수는 슈퍼 웰터급에 체중을 맞춰야 하는데 곤란한 점은 없을까요?"

"아무래도 많이 먹어야 할 것 같습니다. 칼로리가 높은 음식들을 중점적으로 먹으며 훈련하면 체중 조절은 문제가 없을 것 같습니다."

"다행이네요, 그럼……."

하수경이 준비한 질문은 정확하게 열 가지였다.

방송에 들어가기 전 미리 상의한 것들이기에 대답하는 데 문제는 없었다.

그녀의 질문에는 훈련 일정을 비롯해서 여러 가지가 포함되어 있었지만 최강철이 여기에 나온 이유는 마지막 질문에 대답하기 위함이었다.

"지금 국민들께서는 헌즈 선수와의 경기에 많은 우려와 걱정을 나타내고 있습니다. 헌즈 선수가 워낙 강하다 보니 그런 걱정들을 하고 계신 것 같은데요. 여기에 대해서 한 말씀 해주시겠습니까?"

질문을 한 하수경이 침을 꿀꺽 삼켰다.

그녀도 앵커석에 앉기 전 최강철이 이곳에 온 이유가 바로

이 질문에 대합하기 위해서라는 걸 들었기 때문이다.

그녀의 질문이 끝나자 최강철이 마주 잡고 있던 손을 풀면서 자세를 바로 했다.

그런 후, 카메라를 향해 시선을 똑바로 던지며 천천히 입을 열었다.

"저도 그런 이야기를 들었습니다. 주변에 많은 분들이 너무 무리한 도전이 아니냐며 이번 경기에 대해 무척 걱정하고 계셨습니다. 국민 여러분, 저는 지금까지 싸워오면서 한 번도 상대를 두려워한 적이 없습니다. 그리고 이겼습니다. 국민 여러분께서 잘 아시겠지만 토머스 헌즈가 강한 건 사실입니다. 체격 면에서 저보다 훨씬 유리한 것도 사실입니다. 그러나 저에게는 그가 가지고 있지 않은 것이 한 가지가 있습니다. 바로 그 어떤 선수에게도 지지 않는 투지와 자신감입니다. 국민 여러분, 저에 대한 걱정이 저를 사랑하고 아끼는 것으로부터 비롯되었다는 걸 너무나 잘 알고 있습니다. 제가 텔레비전 방송에까지 출연한 이유는 너무 걱정하지 말아달라는 이야기를 전해 드리고 싶어서였습니다. 저는 결코 패배자가 되어 돌아오지 않을 것이기 때문입니다. 승리의 영광을 국민 여러분께 드리기 위해 혼신의 노력을 다할 것이며 반드시 승리해서 헌즈 선수가 가지고 있던 슈퍼 웰터급 챔피언 벨트를 가져올 것입니다. 그러니 국민 여러분, 믿고 기다려 주십시오. 대한민국의 건아로서 목숨을 걸고 싸우겠다는 것을 약속드립니다."

최강철의 인터뷰는 국민 대부분이 지켜봤다.

MBC 9시 뉴스의 시청률이 무려 78%까지 치솟았으니 거의 모든 사람이 봤다는 게 과언은 아닐 것이다.

뉴스가 끝나자 사람들은 삼삼오오 모여 술집으로 향했다.

표정이 바뀌었다.

최강철이 헌즈와 싸운다는 게 확정된 뒤부터 왠지 모르게 어두운 표정을 짓고 있었던 사람들의 얼굴에서 은은한 자신 감과 투지가 불끈거리며 새어 나오는 게 느껴졌다.

그건 감자탕집으로 향한 대일물산 직원들도 마찬가지였다.

"야, 오늘은 간단하게 한 잔씩만 하고 들어가자."

"그러자고, 내일 중국 바이어와 미팅이 있어. 그 자식 깐깐 해서 트집을 얼마나 잡는지 미칠 지경이야."

"난 일본 바이어를 만나기로 했다. 이놈은 정말 에프엠이야. 원리 원칙 그 자체라니까!"

"이번 달 실적 맞추려면 발바닥에 땀이 나도록 뛰어다녀야 해. 쉽지는 않겠지만 이제 걱정하지 않을 생각이야. 목숨을 걸고 덤비면 못 할 게 뭐가 있겠어. 안 그래?"

"당연하지. 우리가 뭐, 이 일 한두 번 하냐? 어떤 새끼가 와 도 끄떡없어. 지금까지 이 두 주먹 가지고 버텨왔잖아. 앞으로

도 우린 잘해낼 거야."

"그래, 우리 이거 마시고 파이팅하자. 자, 최강철의 승리를
위하여. 그리고 바이어와 우리의 실적을 위하여!"

여섯 명의 대일물산 직원들이 자리에서 벌떡 일어나 잔을
높이 치켜들며 파이팅을 외쳤다.

하지만 그런 현상은 그들 자리에만 있는 게 아니었다.

여기저기서 비슷한 광경들이 보였다.

패배에 대한 두려움으로 인해 어두워져 있던 얼굴 속의 검
은 그늘이 어느샌가 벗겨져 있었다.

입으로는 말하지 않았지만 최강철의 인터뷰를 보면서 사람
들은 스스로의 행동에 대해 자신감을 갖기 시작한 것 같았
다.

*　　　*　　　*

다시 사는 인생이 행복하냐고?

지난 12년 동안 수없이 스스로에게 던진 질문이었다.

루시퍼에게 받은 재능과 미래에 대한 기억으로 인해 아직
새파랗게 젊은데도 수없이 많은 것을 가졌다.

돌아오면서 이전 생과 다르게 멋지게 살아보겠노라고 다짐
했다.

외제차를 몰고 다니며 미녀들을 품는 꿈을 꾸었고, 거대한 빌딩의 주인이 되어 황제처럼 살며 수많은 사람을 하인처럼 부리는 상상을 했다.

복싱을 시작한 이유는 아무것도 가진 것 없는 내가 돈을 벌기 가장 쉬운 수단이라고 생각했기 때문이다.

천부적인 반사 신경과 운동 능력을 가졌으니 스포츠 중에서 최고 인기 종목인 복싱을 선택했던 것이다.

하지만 복싱은 쉬운 운동이 아니었다.

아무리 뛰어난 운동신경을 가졌어도 신이 아닌 이상 상대를 완벽하게 압도한다는 건 결코 쉬운 일이 아니었다.

수준이 올라갈수록 강자들이 등장했고, 최근 들어 상대한 자들은 인간의 능력 범위를 뛰어넘을 정도로 대단한 강자들이었다.

인간의 삶은 항상 이렇다.

한 단계 성장하기 위해서는 아무리 재능이 뛰어나도 뼈를 깎는 노력이 선행되어야 한다는 진리.

그 진리가 옳다는 것을 나는 계속 경험해 왔다.

오히려 돈을 벌기가 훨씬 쉬웠다.

미래에 대한 기억이 있었으니 복싱으로 종잣돈을 마련하자 시간이 지날수록 폭발적으로 자산이 늘어났다.

처음에는 돈이 모이면 복싱을 그만두고 사업을 하겠다는

생각을 했다.

거대 기업의 회장이 되어 살면 행복할 것이라 생각했다.

자신을 내쳤던 회사의 사장은 상자 하나 달랑 든 채 평생 다니던 회사를 나섰을 때 코빼기도 내보이지 않았다.

억울했다. 그리고 그자처럼 해보고 싶었다.

어떤 마음으로 어떻게 그런 짓을 당연하게 할 수 있는 건지 정말 해보고 싶었다.

내가 당한 것 이상으로 갑질을 하면서 세상을 마음껏 비웃고 거대한 부를 축적해서 자살까지 몰고 갔던 그자들에게 끔찍한 복수를 하려 했다.

그러나 시간이 지나면서 모든 것이 서서히 부질없게 느껴지기 시작했다.

모든 것은 원인은 돈이었다.

전생에서는 그렇게 벌기 힘들었고 필요했던 돈이, 거짓말처럼 흘러넘치기 시작한 순간부터 처음에 가졌던 욕심과 욕망은 하나씩 사라져 갔다.

불가에서 이야기하는 채워짐과 비움의 차이가 이와 같지 않을까?

어떤 면에서 봤을 때 그런 생각을 하게 된 배경에는 내가 지닌 본성도 있었을 것이다.

찢어지게 가난한 환경에서 자라왔으나 나는 부모님께 넘치는 사랑을 받아온 사람이었다.

그것은 전생에서도 다시 인생을 살아가는 지금도 내 삶의 원천이었다.

아버지는 착한 성품으로 인해 남한테 멸시당하며 이용당하는 삶을 사셨지만 언제나 정직을 신념으로 삼으셨다.

어머니는 아버지가 벌어 오신 월급으로 6남매를 키우시며 근검절약이 어떤 것인지 몸으로 보여주었다.

나는 그것을 보고 배웠다. 내 자신도 모르게……

다시 물어본다. 지금 삶이 행복하냐고?

그렇다, 나는 행복하다.

내가 아니라 다른 사람을 위해 살아가겠다는 마음을 갖게 된 순간부터 나는 다시 행복해지기 시작했다.

마음속에 가져왔던 번민들이 하나씩 사라졌고 욕심과 욕망들이 가라앉았다.

나는 성자가 아니다.

돈과 명예를 전부 가졌지만 갑질하면서 황제처럼 살고 싶다는 헛된 욕망을 버렸을 뿐이다.

이해되지 않는다며 손가락질할 수도 있겠지.

그렇다면 당신도 다시 살아봐. 그러면 어느 순간 내 심정을 이해하게 될 테니까.

*   *   *

체급을 올리는 것은 나쁜 것만 있는 게 아니었다.

그동안 절제해 왔던 고기를 마음껏 먹었고 각종 영양식들도 수시로 먹어주자 위장에서 매일 행복한 비명 소리가 흘러나왔다.

훈련으로 한 바가지씩 땀을 흘러냈지만 식사 시간만 되면 힘이 불끈불끈 솟았다.

"너, 이 자식아. 복싱 그만두면 고기집이나 차려. 아주 욱여 넣는구만. 그렇게 맛있냐?"

"음, 흐허허… 너무 맛있어. 너도 먹어봐."

"이거, 정말 이래도 되는 건지 모르겠네. 관장님, 애 계속 이렇게 먹어도 돼요?"

"응. 먹어야 해."

시크하게 대답하는 윤성호를 향해 이성일이 의심스러운 시선을 던졌다.

복싱 선수가 이렇게 처먹는 건 처음 본다.

최강철은 텔레비전 인터뷰를 한 다음 날부터 훈련에 돌입했는데, 한 달이 지난 지금까지 평상시보다 훨씬 더 잘 먹었다.

아직까지 평소 체중보다 불어나지 않았지만 이성일은 그가 오히려 체중이 오버될까 봐 걱정되었다.

"이러다가 네가 헌즈보다 체중이 더 나가는 거 아냐?"

"팔이 짧으니까 체중이라도 더 나가야지. 나는 그래봤으면 좋겠다. 그놈보다 뭔가 더 좋은 게 하나라도 있어야지."

"우리 팔을 늘려볼까? 어디서 들었는데 요즘 팔 늘리는 기계도 나왔다고 그러더라."

"아예 팔을 뽑지 그러냐? 넌 트레이너란 놈이 그걸 말이라고 해!"

옆을 지나가던 윤성호가 소리를 빽 질렀다.

음식 남기는 거 감시하라고 했더니 이놈은 엉뚱한 소리를 하면서 선수를 유혹하고 있었다.

거기에 질 이성일이 아니었다.

"헌즈, 그 자식 팔이 너무 기니까 그렇죠. 세상에 팔 길이가 2m를 넘는다는 게 말이나 됩니까? 강철아, 넌 인마, 걔한테 비하면 숏 팔이야."

"그럼 넌 난쟁이 팔이냐?"

"갑자기 왜 내가 나와, 이 마당에."

"넌 나보다도 더 짧으니까 하는 소리잖아."

"내가 시합하냐? 내가 시합해! 인마, 지금 한 말은 트레이너로서 작전 계획을 수립하기 위해 한 말이라고. 롱 팔과 숏 팔, 이 핸디캡을 극복하는 게 우리 작전의 주제라니까!"

"어이구, 대단하세요. 그래서 전략은 수립했고?"

"아직… 하지만 곧 나올 테니까 걱정하지 마라."

그때 다시 옆을 지나던 윤성호가 불쑥 나서며 소리를 질렀다.

그는 훈련하면서 썼던 장비들을 정리하고 있었는데 두 사람의 대화가 신경 쓰였는지 계속 관심을 두면서 참견을 했다.

"넌 오늘부터 잠자지 마. 이젠 정말 얼마 안 남았다고. 뭐가 나와야 훈련을 하든가 말든가 할 거 아냐. 빨리 가져오지 않으면 죽여 버린다!"

제프 카터가 날아온 것은 피지컬을 바짝 끌어 올리고 있던 8월 중순 무렵이었다.

훈련을 시작한 지 두 달이 다 되었을 땐데 그의 말에 따르면 돈 킹의 성화에 견딜 수가 없었다고 했다.

제프 카터는 캠프에 합류한 후 이성일과 함께 비디오실에 들어가 나오지 않았다.

그동안 준비해 놓은 자료들이 산더미처럼 쌓여 있었기 때문에 검토하는 데 상당한 시간이 필요했다.

제프 카터는 만날 때마다 이성일을 칭찬했다.

이성일은 시합이 확정되기 전부터 토머스 헌즈에 관한 자료란 자료는 전부 끌어모았고, 혼자 경기 테이프를 수십 번씩 돌려보며 장단점을 분석했는데 벌써 노트로 5권이나 되었다.

하지만 그가 이성일을 칭찬한 것은 방대한 자료를 열심히

모았기 때문이 아니다.

분석한 내용을 바탕으로 꼼꼼하게 전략을 마련했는데 이미 치러진 경기에서 증명되었듯이 그가 준비한 전략은 강력한 위력을 발휘하고 했다.

이번에도 그는 이성일이 자료를 내밀자 고개를 흔들고 준비된 전략부터 보자는 말을 꺼냈다.

자료는 그다음이다.

그는 미국에서 최고의 전략가로 알려진 사람이었으니 헌즈에 관해서도 웬만한 것들은 전부 머릿속에 입력된 상태라 전략을 본 후 자료를 토대로 보충하는 것이 시간을 절약하는 방법이라 생각했던 것이다.

이성일이 자신이 준비한 자료를 보여주자 꼼꼼하게 살펴보던 제프 카터의 입에서 슬며시 탄성이 흘러나왔다.

"성일, 이번에도 아주 좋은 전략을 마련해 놨구만."

"칭찬 말고 보강을 해주세요. 전략은 마련했지만 찜찜한 구석이 너무나 많습니다. 더군다나 이 전략은 강철이가 제대로 움직여 주지 못하면 5회를 넘길 수 없을 만큼 위험합니다."

"알고 있다네. 하지만 이것만큼 좋은 전략은 더 이상 없어."

"카터 씨, 너무 날로 먹는 거 아닙니까. 전 카터 씨를 애타게 기다리고 있었어요. 정말 보강이 필요합니다."

"조급하게 생각하지 마. 여기서 몇 가지만 더 보강하면 된다. 어차피 헌즈와 싸우는 상대는 허리케인이 아니라 그 누구라도 엄청난 위험을 안고 싸워야 해. 그놈의 신장과 리치는 동급 최강이란 말이야."

"생각하고 온 게 있습니까?"

"당연하지, 그렇지 않다면 뭐 하러 여기까지 왔겠나."

"그게 뭐죠? 빨리 말씀해 주세요."

"자네의 전략을 성공시키기 위해서는 놈의 레프트 잽을 완벽하게 봉쇄해야 해. 여러 각도에서 나오는 플리커 잽을 봉쇄할 수만 있다면 이번 시합은 해볼 만할 거야."

*   *   *

시간은 빨리 흘렀다.

출국 날짜가 다가오자 언론과 국민들은 숨겨 왔던 긴장감을 다시 터뜨리기 시작했다.

애써 모른 체했다.

언론들은 최강철의 훈련을 방해하지 않기 위해 기자들을 보내지 않았고, 사람들은 그가 공원과 산에서 '언리미티드 러닝'하는 모습을 보면서도 절대 가까이 다가오지 않았다.

관심이 없어서가 아니었고 응원을 하기 싫어서도 아니었다.

그저 그가 잘해주기를, 더 잘 싸워주기를 바라는 마음에서 보고 싶은 걸 참았을 뿐이다.

최강철은 출국 전날 집을 찾았다.

그날, 마침 막내 누나가 결혼할 사람을 집으로 데려왔다.

보고 싶었던 얼굴.

사람의 인연이란 건 돌아온 자신의 달라진 삶과 다르게 운명처럼 이뤄지는 모양이었다.

누나의 삶 역시 자신으로 인해 변화가 있었으나 매형과의 인연은 변하지 않았다.

공무원이었던 막내 매형은 성격이 까칠한 편이었으나 평생 누나만을 위하며 산 사람이었다.

막내 누나의 삶이 편안했던 건 아니다.

시부모를 모시며 수십 년을 살아야 했고 쥐꼬리만 한 매형의 월급을 아끼며 두 아들을 키우느라 많은 고생을 했다.

하지만 이젠 그렇게 되지 않을 것이다.

그가 마련해 준 강남의 의류 가게는 점점 번창해서 누나의 통장에 계속해서 돈이 쌓이고 있었다.

그 정도면 된다. 그 정도만 가지고 있으면 누나의 남은 삶은 편안하게 지낼 수 있을 것이다.

큰형 내외까지 올라왔기 때문에 집 안은 식구들로 가득 찼다.

직장을 그만두고 형수와 함께 대형 음식점을 하는 큰형 내외의 얼굴은 예전과 다르게 활짝 피어 있었다.

큰형에게 11층 건물을 장만해 준 건 2년 전이었는데 시청 근처라 최강철은 건물 1층에 커다란 소고기 전문점을 차려주었다.

모든 가족에게 하고 싶었던 일을 해준 후 최강철은 더 이상 가족들의 일에 관여하지 않았다.

이제 남은 것은 고향으로 돌아가고 싶어 하는 부모님께 전원주택만 마련해 드리면 자신이 할 일은 모두 끝난다.

최강철이 찾아와 식사를 하는 동안 가족들은 의도적으로 밝은 분위기를 만들기 위해 노력했다.

그 어느 때보다 힘겨운 싸움을 해야 하는 아들과 동생이 마음 편히 밥을 먹도록 해주기 위해서였다.

하지만 그런 분위기는 식사가 모두 끝나고 떠날 시간이 다가오자 점점 무겁게 변했다.

"아버지, 이제 저는 가봐야 할 것 같습니다."

"벌써… 가는 겨?"

"내일 일찍 출발해야 되거든요."

"그럼 그려라. 내일은 엄마하고 같이 공항에 갈 테니까 얼굴이나 보고 가."

"예."

"강철아, 힘들면… 그만해도 된다. 무슨 말인지 알지?"

"예."

최강철은 그저 조용히 대답을 했다.

무슨 뜻인지 안다. 아버지의 마음뿐만 아니라 이곳에 모인 모든 가족의 마음이 똑같을 것이다.

그러나 아버지 저는 그렇게 할 수 없습니다.

그의 눈을 바라보는 아버지도 아마 이미 알고 계실 것이다.

결코 포기하지 않을 거란 사실을.

그럼에도 아들이 큰 부상을 입을까 봐 참고 참았던 말을 끝내 하신 거다.

그만큼 걱정되었고 무서웠을 테니.

어머니는 아예 고개조차 돌리고 그의 눈을 바라보지 않으셨다.

아들을 사지로 보내는 것처럼 어머니는 두려움으로 인해 벌벌 떨고 계셨다.

대신 나선 건 큰형이었다.

"강철아, 넌 우리 가족뿐만 아니라 전 국민의 영웅이다. 난 네가 어떻게 살아왔는지 잘 알고 있어. 넌 절대 비겁하지 않을 것이고 누구보다 용감하게 싸울 거야. 우린 너를 믿는다."

"고맙습니다, 형님."

잠잠했던 언론과 국민들은 최강철이 출국하기 위해 공항으로 가는 순간 전쟁터로 나가는 용사를 배웅하는 것처럼 결연한 심정으로 모였다.

공항으로 가는 동안 '제우스'에서 나온 경호원들이 앞뒤로 호위를 했는데 최강철 일행의 차량이 질주하는 동안 도로를 가득 메운 차량들이 연신 경적을 울리며 그의 출전을 격려했다.

공항은 인산인해를 이루고 있었다.

그동안 여러 번 겪은 일이었으나 이번에는 환송 규모와 인원이 훨씬 더 크고 많은 것 같았다.

그가 공항으로 들어서는 순간부터 함성이 끊이지 않았다.

팔을 번쩍 들어 인사를 해줬다.

자신감 있는 모습을 보여주고 싶었다.

텔레비전에까지 나가서 반드시 이기겠다고 공언했으니 그들에게 끝까지 자신감을 보여줘야 한다.

하지만 배웅하는 사람들의 표정은 그의 자신감과 다르게 불안감에 젖어 있었다.

본능이다.

최강철의 인터뷰가 끝나고 난 후부터 언론에서는 그의 불리함을 애써 보도하지 않았지만 모든 사람이 이미 알고 있었기에 이제 곧 적지로 떠나는 그를 향해 환한 웃음을 보여주지 못했다.

복싱 협회가 주관한 행사들이 하나씩 끝나고 엄청난 인파의 배웅을 받으며 비행기에 올랐다.

이런 분위기가 싫다.

마치 자신이 죽으러 가는 것처럼 애써 웃음을 보이는 사람들의 모습을 보기 싫었다.

비행기에서도 마찬가지였다.

스튜어디스들은 그를 편안하게 모시기 위해 안간힘을 쓰고 있었으나 그녀들의 얼굴에 담겨 있는 웃음은 다른 손님에게 보여주는 것처럼 밝지 않았다.

뉴욕공항에 내리자 수많은 언론이 그를 맞아들였다.

간단한 인터뷰를 마치고 마중 나온 서지영과 함께 집으로 향했다.

그녀와 함께 하루를 보내며 여행의 피로를 풀었다.

이제 내일부터는 레드불스에서 시합 때까지 훈련을 하게 될 테니 당분간 보기 어려울 것이다.

하루 동안 그녀와 함께 고급 음식점에 가서 맛있는 음식을 먹었고 영화도 봤다.

그리고 저녁에는 와인을 들고 이스트 강가로 향했다.

서지영은 데이트를 하는 동안 시합 이야기를 하지 않았다.

현명한 것인가, 아니면 그녀의 불안감을 보여주기 싫었던 걸까.

어떤 이유든 그녀로 인해 오랜만에 편한 마음으로 여유를 즐길 수 있었다.

"지영 씨, 막내 누나가 매형감을 집에 데려왔어. 아마 곧 날 짜를 잡을 것 같아."

"어머, 정말?"

"응, 아주 좋은 사람이야."

"잘됐다. 언니 결혼이 늦어져서 걱정했는데. 정말 잘됐어."

"똥차 치워서 좋은 거지?"

"그게 무슨 소리야?"

"막내 누나가 가면 그다음은 내가 가야 되니까 지영 씨 차 례가 다가와서 좋아하는 거잖아?"

"호호, 어떻게 알았어. 족집게 도사 같아."

"그런데 지영 씨는 조금 더 기다려야 돼."

"응?"

"난 학생이잖아. 학생이 무슨 돈이 있어 결혼을 하겠어. 원 래 학생은 가난해서 졸업하고 돈 번 다음에 결혼하는 거야."

"쳇, 그만하세요. 수도 없이 한 이야기를 또 하는 이유가 뭐 야. 저렇게 아름다운 불빛 아래서 먼지 나도록 맞아보고 싶 어?"

서지영이 주먹을 번쩍 치켜들며 눈을 부릅떴다.

벌써 여러 번 반복해서 한 이야기였기 때문에 이젠 실망조차 하지 않는 눈치였다.

그런 그녀의 주먹을 감싸 안으며 품으로 끌어당겼다.

그러고는 깊고 깊은 키스를 했다.

"난 벌써 내년이면 4학년이라고. 쉽게 말하면 1년 정도밖에 남지 않았다는 말이지. 그러니까 조금만 더 참아줘."

＊　　　＊　　　＊

최강철은 레드불스의 문을 아예 걸어 잠그고 제프 카터와 이성일이 마련한 전략을 소화하기 위해 구슬땀을 흘렸다.

그 훈련을 위해 레드불스의 선수들이 여럿 동원되었고 헌즈와 비슷한 체격을 가진 선수들을 구해서 데려오느라 피터는 발에 땀이 나도록 움직였다.

시간은 시간을 잡아먹는다.

일 분이 지나기를 기다리면 어느새 한 시간이 다가왔고 그것이 합쳐져 하루가 넘어간다.

지금 현재의 몸무게는 정확하게 70kg.

전문가들이 마련한 식단은 효과를 발휘하면서 그의 체중을 평상시에서 줄어들지 않도록 해주었다.

최강철은 훈련에 들어가면서 언론과의 인터뷰를 완벽하게 차단했다.

조금이라도 자신의 훈련을 방해받지 않겠다는 의도였고 전략이 새어 나가는 걸 우려했기 때문이다.

하지만 헌즈는 달랐다.

그는 예전처럼 수시로 인터뷰를 하면서 자신의 승리를 확신했다.

"허리케인은 관을 준비해야 할 겁니다. 난 그가 3회를 버티지 못할 거라고 확신합니다. 그가 허리케인과 더불어 폭격기란 별명을 가지고 있지만 나에게는 아무런 쓸모도 없을 겁니다. 왜냐하면 내 스트레이트는 폭격기를 때려잡는 스커드 미사일이거든. 내 얼굴에 펀치를 맞힌다고? 하하하… 말도 안되는 소리 하지 마시오. 난쟁이가 거인의 얼굴을 때린다는 말과 뭐가 다르겠어. 그런 꼬맹이가 날 어떻게 때려. 이건 다윗과 골리앗의 싸움이 아니란 말이오. 이건 그냥 거인이 난쟁이를 짓밟는 것에 불과해. 내 말 무슨 뜻인지 알겠지?"

그의 말은 심리전을 펼치기 위한 것이 아니라 단순한 자신감에서 나온 게 분명했다.

인정하고 싶지 않지만 피지컬의 차이를 감안한다면 맞는 말이다.

리치의 차이가 무려 30㎝가 났으니 전문가들도 그의 인터뷰를 들으며 고개를 끄덕일 수밖에 없었다.

경기를 주관하는 ABC 방송국은 세기의 빅 이벤트를 맞이해서 수시로 특집 방송을 마련했다.

그들이 마지막 특집 방송을 마련한 것은 시합을 5일 앞두었을 때였다.

NBC 특집 방송에 출연해 허리케인의 승리를 장담했던 지미 렉스와 스포츠 저널의 복싱 전문가 호프만을 게스트로 모셔놓고 마지막 승부 예측을 하는 프로그램이었다.

프로그램의 진행은 대동소이했다.

비슷한 포맷으로 시간을 때우며 진행했는데 이번에도 양쪽으로 나뉘어 두 선수의 장단점을 분석한 후 승자를 예측하는 방식이었다.

시청자들이 원하는 것은 결론이다.

프로그램 앞쪽에 방송된 두 선수의 하이라이트는 양념이었고 선수들의 특징과 기술들은 애피타이저에 불과했다.

사회를 진행하던 하워드의 질문이 던져진 것은 프로그램이 정점으로 다가갔을 때였다.

"호프만 씨, 지금까지 두 선수의 장단점을 분석해 봤습니다. 마지막으로 누가 이길지에 대한 의견을 말씀해 주시겠습니까?"

"뭐, 저야 다른 언론에도 수차례 이야기한 바 있지만 당연히 헌즈가 이길 거라고 생각합니다. 그의 플리커 잽과 공포스러운 라이트 스트레이트는 허리케인을 압살하기 충분하거든요. 허리케인의 장점은 여러 가지가 있지만 모든 것이 헌즈를 상대로는 통하지 않을 겁니다."

"왜 그렇습니까?"

"리치의 차이가 워낙 크기 때문입니다. 접근을 하지 못하는 상태에서는 허리케인도 쿠에바스와 같은 신세를 면치 못합니다. 앞에서도 보여줬지만 쿠에바스는 허리케인 못지않은 강력한 인파이터였어요. 하지만 그는 한 번도 인파이팅을 펼치지 못하고 뒤로 물러서다가 KO패를 당했습니다. 그가 인파이팅을 펼치고 싶지 않아서 그리된 게 아닙니다. 아예 접근할 수 있는 모든 방향을 차단당했기 때문에 그런 결과가 나온 거죠."

충분히 이해가 되는 이야기다.

예를 들면서까지 설명했던 쿠에바스와 헌즈의 경기는 그의 말대로 그렇게 일방적으로 끝났다.

쿠에바스의 피지컬은 최강철과 거의 흡사했기에 그런 예측은 설득력이 있었다.

"그럼 이번에는 허니건과의 승부에서 허리케인의 승리를 예측했던 지미 렉스 씨의 예상을 들어보겠습니다. 지미 렉스 씨는 어떻게 생각하십니까?"

"저는… 저도 호프만 씨의 의견에 동의합니다. 마음속으로 허리케인을 응원하고 있지만 이번 경기는 피지컬 면에서 너무 차이가 나기 때문에 쉽지 않을 거란 판단이 드는군요."

"그렇다면 지미 씨의 판단도 헌즈가 이긴다는 건가요?"

"그렇습니다. 그러나 확률은 적지만 허리케인이 이길 수 있다는 생각도 가지고 있습니다."

"그건 또 무슨 말씀이시죠?"

"허리케인의 야성을 믿기 때문입니다. 허리케인은 마크 브릴랜드, 듀란, 허니건 등의 강자들과 싸우며 언제나 열세라는 평가를 받아왔습니다. 그러나 경기 결과는 어땠습니까. 그는 그런 열세를 딛고 압도적인 경기력을 펼치며 판을 뒤집었습니다. 그렇기에 저는 이번에도 그가 그런 경기력을 보여줄 수 있다는 생각을 하는 것입니다. 만약 허리케인이 헌즈의 플리커 잽과 공포스러운 라이트 스트레이트를 무력화시킨다면 이 경기는 허리케인이 잡을 수 있습니다!"

*   *   *

경기가 3일 전으로 다가오자 대한민국이 전부 침묵에 빠져들었다.

그 침묵의 의미는 복잡했고 고요 속에서 다가오는 태풍을 맞이하는 것처럼 긴장으로 가득 찼다.

정치, 경제, 사회, 문화.

모든 것이 정지된 것처럼 느껴졌다.

텔레비전과 신문에서는 연일 새로운 미국 대통령 빌 클린턴에 대해서 떠들었고 북미 자유 협정, 그리고 연말에 있는 대통령 선거에 대해 보도하고 있었으나 사람들의 관심은 온통 한곳으로 쏠려 있었다.

그냥 쏠린 것이 아니다.

어떤 뉴스도 최강철에 관한 뉴스를 당해내지 못했다.

미국에서 마무리 훈련 중인 최강철에 대한 뉴스와 헌즈에 관한 소식이 나오면 그 신문은 불티나게 팔렸고 방송의 시청률은 가뿐하게 50%를 넘겼다.

윤문호 교수가 가족들과 함께 외식을 나간 건 아내의 생일이었기 때문이다.

회사에 다니는 큰아들부터 대학에 다니는 둘째와 셋째까지 전부 참석했는데 메뉴는 아내가 좋아하는 소갈비였다.

덩치가 남산만 한 아들 셋이 먹어대자 8인분을 시켰어도 부족했다.

"이놈들아, 아버지 지갑 거덜 난다."

"이럴 때라도 실컷 먹어야죠. 엄마, 고맙습니다. 태어나게 해주셔서."

"말로만?"

"그럴 리가요."

아내가 입을 삐죽이자 아들들의 주머니에서 하나씩 뭔가가 튀어나왔다.

그래도 회사 다니는 놈이 개중에 낫다.

큰아들은 다가오는 겨울을 맞이해 백화점에서 스카프를 사 왔는데 아내가 가장 좋아하는 꽃무늬가 새겨진 것이었다.

둘째와 셋째는 대학생답게 용돈을 아껴서 준비한 꽃다발과 립스틱을 사 왔다.

비록 금액은 얼마 나가지 않겠지만 아내는 얼마나 좋은지 입이 바보처럼 벌어졌다.

이런 게 가족 아닌가.

돈이 문제가 아니라 정성이다. 아들들의 정성만 있다면 아내의 가슴을 소녀처럼 뛰게 만들 수 있었다.

"그런데 오늘 사람들이 별로 없네요?"

"그러게 말이다."

"요즘 신문에서 보니까 회사원들이 집엘 잘 들어가지 않는데요."

"왜?"

"아무래도 최강철 선수 때문인 것 같아요. 시합이 코앞으로 다가오니까 회사원들이 삼삼오오 모여서 술을 마시나 봐요. 기다리기가 너무 힘든 거죠."

"형, 나는 그 사람들 심정이 이해가 가. 사실 나도 그렇거든. 우리 친구들은 요새 농구도 안 해. 꼭 넋이 나간 애들 같아."

"회사도 그래. 직원들이 나사 빠진 사람들처럼 멍해. 휴게실에 가면 온통 최강철 선수 이야기뿐이고."

"이거 정말 지면 안 되는데……."

큰형의 말을 들은 막내가 한숨을 길게 늘어뜨렸다.

그는 최강철의 이야기가 나오자 밥맛도 떨어졌는지 들고 있던 숟가락까지 내려놓았다.

"이제 정말 얼마 안 남았네. 아버지, 이번에 최강철 선수가 지면 타격이 클 것 같아요. 국민들한테 미치는 영향이 너무 커서 어쩌면 사회적으로 문제가 생길지 몰라요."

"후우… 그래, 아버지도 그게 걱정이다."

"혹시 최강철 선수가 떠나면서 무슨 말 한 거 없어요?"

"그 친구가 무슨 말을 할 수 있겠니. 그저 정중하게 허리를 숙여서 인사만 하고 떠나더라."

"이겨야 해요. 정말 이겨줬으면 좋겠어요. 꼭……."

*   *   *

세계적인 관심이 쏠려 있는 최강철과 헌즈의 대결이 점점 다가오자 모든 외신이 라스베이거스로 집중되었다.

환락의 도시 라스베이거스는 전 세계에서 몰려든 언론들로 인해 몸살을 앓았고 미국을 비롯한 각국의 유명 스타들이 찾아왔기 때문에 복싱 기자 외에도 연예 기자들까지 달려들어 온통 카메라투성이었다.

언론들의 귀는 문을 굳게 걸어 잠근 최강철 대신 헌즈에게 집중되었다.

헌즈는 언론을 전혀 피하지 않으며 수시로 인터뷰를 가졌는데 아예 최강철을 상대로 여기지 않는 것 같았다.

그의 입은 거칠었다.

시합이 성사되기 전 최강철이 했던 도발을 아직까지 잊지 못했는지 신랄한 적의를 숨기지 않았다.

"나는 이번 시합에서 허리케인이란 아이에게 진정한 복싱이 무엇인지 확실하게 보여줄 겁니다. 그 친구는 정신을 잃은 채 오랫동안 캔버스에게 잠들 테니 시합이 끝나면 침대를 링 위에 올려주시오."

거만한 미소.

인터뷰에 응하는 그의 얼굴에는 항상 웃음이 달려 있었는데 벌써 승자가 된 것 같은 분위기를 풍겨내고 있었다.

그 모습을 보면서 토마스의 얼굴이 일그러졌다.

전문가들은 헌즈의 압도적인 우세를 점치고 있었지만 자신의 생각은 달랐다.

물론 오랫동안 최강철의 뒤를 쫓으며 기사를 써왔고 인간적으로도 그를 좋아했기에 가진 판단일지 모르나 이번 시합도 기적이 일어날 것 같다는 생각이 들었다.

토머스 헌즈.

네가 불세출의 복싱 영웅이란 건 인정한다.

하지만 너는 너무 어리석구나.

허리케인은 절대 네가 생각하는 것처럼 그렇게 만만한 친구가 아니야.

"왜 그래?"

"뭘?"

"왜 얼굴을 찡그리고 있냐니까?"

"그냥 저 자식 얼굴을 보고 있으면 기분이 나빠져."

"자신감이 너무 과하긴 하지."

복싱 전문 잡지 링의 기자 마틴이 옆에 있다가 빙그레 웃음을 지었다.

그는 토머스 못지않은 경력을 지닌 베테랑으로 주요 시합이 있을 때마다 예상 평을 썼는데 그 정확도가 상당할 정도로 복싱에 대한 식견이 뛰어났다.

그랬기에 토머스는 슬그머니 그를 향해 입을 열었다.

"이봐, 마틴. 자네는 승률을 어떻게 보나?"

"6 대 4."

"누가?"

"당연히 힌즈지. 그 이유는 자네도 잘 알잖아."

"만약 최강철이 이긴다면?"

"그땐 난리가 나는 거지. 진정한 복싱 영웅의 탄생 아니겠어?"

"휴우……."

"왜 한숨을 그렇게 길게 내쉬는 거야? 뭐 문제 있어?"

"아냐, 그냥 걱정돼서."

"혹시 허리케인한테 걸었어? 얼마나 걸었는데?"

"난 너처럼 도박 안 한다."

"하하하… 토머스 너무 그러지 마라. 기자와 복서는 그저 서로를 바라보는 존재가 되어야지 정을 주면 안 돼. 그렇게 되는 순간 공정한 기사를 쓰기 어렵단 말이야."

"씨발, 그게 내 마음대로 돼야지. 이상하게 허리케인 그놈한테는 그게 안 돼. 아무래도 내가 미쳤나 봐."

"쓸데없는 소리 하지 말고, 기자회견장에 올 거지?"

"당연한 걸 왜 물어?"

"이번 기자회견은 무척 재밌을 거야. 힌즈의 도발은 워낙 유명하니까 그렇다 쳐도 허리케인도 만만치 않잖아. 아마, 두 놈이 마주치면 불꽃이 튈 거다."

마틴이 말을 하면서 기대감을 숨기지 않았다.

그렇기도 할 거다.

두 선수의 시합에 쏠린 귀들의 숫자를 생각한다면 공식 기자회견은 엄청난 기사거리를 양산해 줄 절호의 기회였다.

최강철은 계체량을 끝내고 기자회견장으로 걸어들어 갔다.

검은색 정장에 하얀 와이셔츠를 받쳐 입은 노타이 차림이었다.

멋지다.

그동안 경기를 치르기 전 최강철의 모습은 감량으로 인해 약간 마른 듯한 모습이었는데 지금은 완벽하게 핏이 살아나고 있었다.

계체량에서 보여준 그의 체중은 정확하게 69.8kg이었다. 한계 체중보다 1kg이 모자랐지만 웰터급으로 시합을 할 때보다는 거의 3kg이 늘어난 체중이었다.

들어서는 그를 향해 수많은 기자가 플래시를 터뜨렸다.

최강철은 지금까지 언론 인터뷰를 거절하고 훈련을 해왔기 때문에 공식 석상에 얼굴을 보이는 건 이번이 처음이었다.

헌즈는 아직 들어오지 않았기에 최강철은 기자들에게 포즈를 취해준 후 자신의 자리에 가서 조용히 앉았다.

기자들은 난리였다.

벌써부터 질문을 하고 싶어서 입이 근질거렸는지 아직 헌즈가 들어오지 않았고 사회자가 마이크도 잡지 않았는데 여기저기서 고함이 터져 나오고 있었다.

하지만 그것도 잠시, 반대편에서 헌즈가 걸어 나오자 기자들의 카메라가 다시 불을 뿜기 시작했다.

헌즈는 마치 시상식에 나서는 영화배우처럼 손을 흔들면서 나왔는데 여전히 여유가 흘러넘치는 모습이었다.

단상에 올라와 잠깐 주먹을 들어 포즈를 취해준 헌즈가 먼저 와 있던 최강철을 향해 다가와 손을 내밀었다.

"어이, 꼬맹이. 오랜만이다."

"이 자식아, 네 눈에는 내가 꼬맹이로 보이냐? 멀대같이 키만 큰 놈이 어디서 함부로 주둥이를 놀려!"

"뭐라고?"

"앉아, 이 새끼야. 너랑 실랑이 벌이기 싫으니까."

눈을 부릅뜨는 헌즈를 잠시 노려보던 최강철이 눈을 돌려 정면을 바라봤다.

헌즈는 어이가 없었던지 한참 그대로 서 있다가 입술을 지그시 깨물며 자신의 자리에 앉았다.

실제로 이렇게 가까이 대면한 것은 처음인데 나이도 어린 놈이 이렇게 나올 줄은 생각하지 못한 모습이었다.

링 위에서, 그리고 텔레비전에 출연했을 때 최강철은 도발을 했지만 정중함을 잃지 않았었다.

이윽고 사회자의 멘트로 공식 기자회견이 시작되었다.

질문은 두 선수에게 번갈아가며 하는 것으로 규칙이 정해졌기 때문에 한 명씩 기자들의 질문에 대답을 해야 한다.

재밌는 점은 지금까지 지속적으로 인터뷰를 해온 헌즈보다 최강철에게 질문이 쏟아졌다는 것이다.

기자들은 헌즈보다 최강철에게 관심을 쏟아부었다.

헌즈의 순서가 오면 손을 들지 않던 기자들이 최강철의 순서가 오면 벌 떼처럼 손을 들었는데 그 숫자가 너무 많아서 사회자가 지목하는 데 애를 먹었다.

"허리케인, 지금까지 언론을 피한 이유는 뭡니까?"

"훈련을 열심히 하기 위해서였습니다."

"헌즈 선수는 계속해서 인터뷰를 했기 때문에 기자들 사이에서는 허리케인에 대한 불만이 많았습니다."

"그건 헌즈가 멍청하기 때문입니다. 시합을 앞둔 선수가 훈련에 집중하지 않고 인터뷰나 하고 있는 게 정상이라고 볼 수 있겠습니까?"

최강철의 대답에 기자들의 얼굴에서 슬금슬금 웃음꽃이 피어났다.

이제 막 시작인데도 최강철의 태도를 보니 오늘 대박이 터질 것 같았기 때문이다.

"헌즈 선수는 허리케인의 말에 대해서 어떻게 생각하십니까?"

"나는 훈련을 게을리하지 않았습니다. 내가 언론과 인터뷰를 한 것은 오로지 자신이 있었기 때문입니다. 누차 말했던 것처럼 저런 꼬맹이는 5회 이내에 끝낼 수 있단 말입니다."

가뜩이나 초반부터 열이 받은 헌즈의 눈에서 불똥이 튀었다.

건방진 자식, 감히 누구에게 설교를 해.

이 새끼 넌 내가 반드시 죽여주마.

그의 눈이 그렇게 말하고 있었다.

하지만 최강철은 여전히 시선을 앞에 둔 채 그와 시선을 마주치지 않았다.

"허리케인, 헌즈 선수가 5회 이내에 KO승을 장담하고 있습니다. 당신은 어떻게 생각하십니까?"

"5회는 너무 깁니다. 나는 저 멀대를 3회에 끝낼 생각입니다."

잠시의 망설임도 없었다.

최강철은 기자들을 향해 자신 있는 말투로 대답했는데 조금의 망설임도 보이지 않았다.

"뭐라고!"

그의 대답을 들은 헌즈가 자리를 박차고 일어섰다.

정말 가소로워서 더 이상 두고 볼 수 없다는 태도였다.

그때 지금까지 정면을 주시하고 있던 최강철의 고개가 천천히 헌즈 쪽을 향해 돌아갔다.

"넌 이 새끼야, 일어나는 게 취미냐? 왜 인터뷰하다 말고 벌떡벌떡 일어나고 지랄이야!"

최강철의 도발에 일어나 있던 헌즈가 불쑥 다가와 멱살을 틀어쥐었다.

옆에 있던 경호원들이 말렸으나 헌즈의 완력을 당할 수가 없어 두 명이나 뒤로 팅겨 나갔다.

워낙 큰 키의 헌즈였기 때문에 최강철은 멱살을 잡힌 채 허공으로 끌려 올라갔다.

그러나 최강철의 눈은 더없이 차분하게 가라앉아 있었다.

"놔라, 헌즈. 이 새끼야, 이거 새로 산 양복이야. 옷 구겨지면 넌 진짜 죽는다!"

뒤늦게 달려온 경호원들이 뜯어말렸기 때문에 소란은 가라앉았으나 헌즈는 분함을 참을 수 없는 듯 연신 뜨거운 콧김을 불어냈다.

차라리 한바탕 붙었다면 덜 분했을 것이다.

허리케인 이 자식은 교묘하게 사람의 감정을 건드렸는데 오히려 그것이 더 그를 화나게 만들었다.

그때부터 인터뷰를 하면서 그가 한 말은 오직 링에서 허리케인을 죽여 버리겠다는 이야기뿐이었다.

모든 질문에 대한 답이 최강철에 대한 분노로 이어졌기 때문에 인터뷰가 제대로 진행되지 않을 정도였다.

반면 최강철은 여전히 침착한 태도로 기자들의 질문을 하나씩 받아넘겼다.

그에게 쏟아진 질문들에는 당연히 헌즈의 플리커 잽과 공포의 라이트 스트레이트에 관한 것들도 포함되어 있었지만 최강철은 도발을 멈추지 않았다.

"다른 선수들에게는 플리커 잽이 상당한 위력을 보였겠지만 나한테는 안 됩니다. 그의 플리커 잽은 서커스에서 멀대들이나 하는 광대 짓에 불과한 겁니다. 공포의 스트레이트라 부르는데 그것 역시 과장된 겁니다. 그는 레너드의 아웃복싱을 잡지 못하고 허둥대다가 경기에서 졌습니다. 헌즈의 스트레이트는 듀란이나 쿠에바스같이 땅바닥에 발을 붙이고 다니는 선수들에게나 위력이 있지, 레너드나 나처럼 빠른 발을 가진 사람들에게는 통하지 않습니다."

"그럼 아웃복싱을 하실 겁니까?"

"그건 경기 당일에 보시면 될 겁니다. 하지만 한 가지는 분명합니다. 헌즈 선수는 여러분도 잘 아시는 것처럼 유리 턱을 가지고 있습니다. 그리고 제 펀치는 면도날보다 더 날카롭고 미사일 같은 위력이 있습니다. 한 방만 걸리면 헌즈는 죽습니다. 그렇지 않겠습니까?"

결국 헌즈는 참지 못했다.

도발을 참지 못한 헌즈는 자리에서 일어나 또다시 최강철을 향해 몸을 날렸는데 다행히 이번에는 미리 중간 지점을 차단하고 있던 경호원들의 벽에 가로막혔다.

그럼에도 헌즈의 분노 섞인 몸짓에 인터뷰는 더 이상 진행되지 않았다.

그는 마치 미친 것 같았는데 트레이너들에게 끌려 나가면서도 최강철을 향해 마구 욕설을 질러댔다.

흥미롭게 지켜보며 정신없이 사진을 찍어대던 마틴의 입이 함지막만 하게 열린 건 헌즈가 퇴장하고 난 후였다.

"와우, 대박. 이봐, 토머스 가자고. 빨리 뿌려야지!"

"이래도 6 대 4냐?"

"아니, 정정해야겠어. 5 대 5다."

"역시 베테랑이야. 크크크… 내일 경기 정말 기다려져. 우리 허리케인이 아주 작정하고 나왔구만."

"헌즈는 오늘 잠자기 힘들겠다. 허리케인 정말 대단하네."

"내가 말했잖아. 허리케인은 심리전에도 엄청 강하다고. 가자. 소문난 잔치라 그런가, 시작부터 화끈하네."

*　　　　*　　　　*

정철호는 최강철의 경호를 위해 한국에서부터 5명의 요원을 데리고 미국으로 날아왔다.

그가 최강철을 경호하기 시작한 것은 헌즈와의 경기가 확정하고 난 다음부터였다.

대부분의 요원이 보안 업무를 위해 파견 나간 상황이었지만 그는 특별 팀을 구성해서 최강철의 경호를 담당했다.

김도환의 지시로 인해서였다.

최강철은 단순한 복싱 선수가 아니었고 대한민국의 미래를 위해 더없이 중요한 인물이란 판단을 내렸기 때문이다.

최강철은 그런 김도환의 행동을 막지 않았다.

자신이 하고 있는 일들은 수많은 적을 양산할 수 있기 때문에 조심할 필요성을 서서히 느끼고 있었다.

정철호가 할 일은 많지 않았다.

보스가 훈련할 동안 기자들이 접근하지 못하도록 차단하는 것과 호텔로 찾아드는 사람들을 제지하는 것뿐이었다.

하지만 공식 인터뷰가 벌어지고 수많은 사람이 몰려들자 상황이 달라졌다.

그의 몸은 전부가 무기였다.

16년 동안 군에 몸을 담으며 각종 무술은 물론이고 살상 기술들을 배웠고, 수많은 군인 중에서도 최고로 뽑히는 요원이었다.

그는 인터뷰할 당시 최강철의 옆에 서 있었다.

헌즈가 근접해 있던 경호원들을 제치고 최강철의 멱살을 잡았을 때 자신도 모르게 오른쪽 수도가 헌즈의 목을 찌르기 위해 날아갔다.

만약 급하게 최강철이 말리지 않았다면 헌즈는 시합을 하기도 전에 그의 공격으로 인해 반쯤 병신이 되었을 것이다.

목에 닿았던 수도를 천천히 거둬들인 후 최강철의 행동을 지켜봤다.

수많은 전투에서 실제 격투를 벌였고 가상의 적들과 대련을 해봤지만 최강철 같은 눈은 처음이었다.

차가웠다.

너무나 차가워서 섬뜩한 느낌을 받을 만큼 보스의 눈은 짙게 가라앉아 있었다.

지금까지 싸워오면서 적의 눈을 피한 적이 없었고 기세로서 밀린 적이 없었는데, 막상 최강철의 눈을 확인하자 슬그머니 긴장감이 피어올랐다.

만약 붙는다면 이길 수 있을까?

자신이 없다.

저런 눈을 가진 자는 본 적이 없었고 서늘하게 피어오르는 기세는 사막의 공포라는 전갈처럼 지독했다.

인터뷰를 마치고 호텔로 돌아와 요원들을 배치한 후 잠시 휴식을 취할 때도 최강철의 눈이 잊히지 않았다.

삐익, 삐익.

편안하게 눈을 감고 있을 때 귀에서 급한 신호가 울렸다.

"뭐야?"

"실장님, 교민회장이란 분이 찾아왔습니다. 어쩔까요?"

"내가 나가보겠다."

정철호는 방문을 두드렸다.

지금 보스는 스태프들과 함께 마지막 회의를 하고 있었기 때문에 방해하면 안 된다는 생각을 했지만 찾아온 사람의 청을 도저히 거절할 수 없었다.

이성일이 문을 열고 나와 물었으나 그의 시선은 최강철을 향해 있었다.

"보스, 교민회장님이 찾아오셨습니다. 만나보시겠습니까?"

"교민회장요?"

"LA 한인 타운 교민회장이십니다."

"들어오시라고 하세요."

대답을 들은 최강철이 자리에서 일어나며 문 쪽으로 다가왔다.

정철호의 몸이 옆으로 비켜나자 백발의 노신사가 모습을

드러냈다.

그는 대학생으로 보이는 청년과 함께 왔는데 청년의 손에
는 커다란 가방이 들려 있었다.

나이를 추측할 수 없었다.

노신사의 얼굴은 주름으로 가득 덮여 있었지만 허리는 꼿
꼿했고 얼굴은 붉은빛이 감돌았다.

"최강철 선수, 나는 교민회장인 김동인이라고 합니다. 잠시
들어가도 되겠어요?"

"예, 어르신. 들어오시죠."

최강철이 정중하게 인사를 받고 안으로 들어오라는 시늉을
하자 김동인과 청년이 조심스럽게 걸음을 옮겨 방으로 들어왔
다.

그런 후 최강철과 일행을 향해 천천히 입을 열었다.

"나는 여러 번 고민을 하다가 이곳을 찾아왔습니다. 한국
에서도 최강철 선수를 열렬히 응원하고 있지만 여기서 사는
우리도 마찬가지예요. 우리는 최강철 선수가 이겨주기를 간절
히 기원하고 있다는 것을 알려 드리고 싶었어요. 그래서 작지
만 우리의 성의를 가져왔습니다. 호성아, 그것 좀 열어봐라."

"예, 할아버지."

노신사가 눈짓을 하자 청년이 들고 있던 가방을 내려놓더니
주섬주섬 내용물을 꺼내기 시작했다.

가방에서 나온 것은 음식들이었다.

불고기가 있었고, 잡채, 계란말이, 김치, 그리고 된장찌개까지 없는 게 없었다.

음식이 꺼내지자 노신사의 눈이 최강철을 향했다.

"말이 안 된다는 걸 알지만 이렇게라도 우리의 마음을 전하고 싶었소. 시합을 앞둔 선수에게 이런 음식을 가져온 게 바보 같은 짓일지 모르겠지만 나는, 그리고 우리 교민들은 최강철 선수에게 따뜻한 밥 한 끼를 먹이고 싶었어요."

"…고맙습니다."

"최강철 선수, 우리와 같이 식사할 수 있는 영광을 줄 수 있겠습니까?"

"그럼요, 마침 저희들도 식사를 하기 위해 나갈 생각이었습니다. 호텔방에서 밥 먹으면 뭐라고 하겠지만 한 번 정도는 괜찮지 않을까요. 안 그래요, 관장님?"

"그거야, 뭐."

옆에 서 있던 윤성호가 빙그레 웃으며 동의를 해왔다.

코치로서는 당연히 말려야 했지만 김동인의 따뜻한 눈을 마주한 순간 도저히 거절할 수 없었다.

더군다나 같이 밥을 먹겠다는 건 자신들의 음식에 아무런 문제가 없다는 것을 증명하려는 뜻이었다.

그건 20여 가지의 음식을 바닥에 편 김동인의 입에서 나타났다.

"오늘 내가 하루 종일 음식 하는 걸 지켜봤어요. 그리고 내가 일일이 먹어본 것들입니다. 음식을 통에 담는 것도 내가 직접 했으니까 절대 아무 일도 없을 거예요. 그러니 최강철 선수, 얹히지 않도록 천천히 꼭꼭 씹어 먹어요."

"감사히 잘 먹겠습니다."

일행들은 그가 내놓은 음식들을 먹기 위해 바닥에 앉았다.

그러고는 펼쳐진 진수성찬을 먹기 시작했다.

김동인은 자신이 직접 먼저 음식을 먹었는데 하나씩 집어 먹은 후에는 최강철이 먹는 모습을 푸근한 눈으로 지켜봤다.

그의 눈은… 너무나 따뜻해서 한겨울의 눈을 녹이는 봄바람처럼 느껴졌다.

역사적인 날이다.

드디어 시합 날의 태양이 떠오르자 아침부터 라스베이거스는 흥분과 긴장으로 뜨겁게 달아오르기 시작했다.

사람들은 급하게 움직이며 부산을 떨었다.

금세기 최고의 결투를 맞이하는 사람들의 마음은 조급함으로 인해 허둥대고 있었다.

결국 이번 경기를 중계하는 건 KBS였다.

MBC 측에서는 협의까지 깨면서 이번 경기를 욕심냈지만

KBS 사장까지 나서면서 강하게 항의를 했기 때문에 결국 물러설 수밖에 없었다.

비록 공영방송이었으나 KBS는 최강철의 경기를 놓치지 않기 위해 목숨을 걸고 MBC와 혈투를 벌였던 것이다.

삼 일 전에 현지로 날아온 김영국과 정민철은 자신들의 중계석을 확인하고 인상을 팍 찡그렸다.

좋은 자리 다 뺏기고 코너 쪽에 배정되었기 때문이다.

"야, 정 PD, 이게 어떻게 된 거야! 우린 뭘 보고 중계방송하란 거냐. 뭐가 보여야 중계방송을 하든지 말든지 할 거 아냐!"

"어차피 일어서서 하실 거잖아요. 이것도 간신히 잡은 겁니다. 다른 나라 애들은 저쪽이에요."

담당 PD인 정문기가 입술을 삐죽 내밀면서 손가락으로 뒤쪽을 가리켰다.

어이없게도 한참 뒤쪽에 여러 나라의 중계진들이 자리를 잡고 있는 것이 보였다.

이런 젠장.

도대체 몇 개국에서 날아왔는지 셀 수도 없다.

손에 들고 있는 자료를 내려놓고 자리에서 일어나 머리를 내밀자 다행스럽게 중계방송하는 건 지장이 없을 것 같았다.

이건 우연이야, 뭐야.

예전 마크 브릴랜드전에서 만났던 구시켄 요코가 알은척을 하면서 다가오는 게 보였다.

일본 중계진은 KBS가 차지한 곳보다 훨씬 좋은 곳에 위치하고 있었는데 링의 중앙이 훤히 보이는 곳이었다.

이게 뭐냐고.

저놈들은 지들 나라 선수가 경기하는 것도 아닌데 왜 저렇게 좋은 곳을 차지하고 지랄이야.

말을 하지 않았지만 일본 중계진을 바라보는 김영국의 눈은 그런 감정이 듬뿍 담겨 있었다.

"또 뵙는군요."

"그러네요. 반갑습니다. 요코 씨는 이번에도 해설을 위해 오신 건가요?"

"그렇게 되었습니다. 운이 좋은지 방송국에서는 아직 저를 교체할 생각이 없는 것 같습니다."

"워낙 식견이 높아서 그런 것 아니겠어요. 요코 씨는 오랫동안 챔피언을 지내셨기 때문에 경기를 보는 눈이 뛰어나다고 알려졌거든요."

"하하, 감사합니다."

구시켄 요코가 일본인답게 정중히 허리를 숙여 칭찬에 대한 답례를 했다.

그때 옆에 서 있던 정민철이 슬그머니 입을 열었다.

그는 해설 위원으로서 같은 일에 종사하는 구시켄 요코의 의견을 듣고 싶었던 모양이다.

"요코 씨, 당신은 이번 경기를 어떻게 보십니까? 미국의 전문가들은 전부 헌즈 선수가 유리하다고 생각하던데 당신도 그렇게 판단하고 계신가요?"

"저는 조금 생각이 다릅니다. 피지컬 쪽에서 워낙 차이가 나기 때문에 많은 전문가가 그런 판단을 내리지만 권투는 상대성이 너무 많은 경기거든요. 제가 봤을 때 허리케인은 레너드와 비슷한 성향을 가지고 있습니다. 물론 레너드보다 월등한 인파이팅 능력이 있지만 스텝의 스피드나 펀치 속도, 그리고 방어술도 뛰어나죠. 지금까지 헌즈가 싸운 선수들과 근본적으로 레벨이 다른 선수기 때문에 지켜봐야 될 것 같습니다."

"좋은 평가를 해주시는군요."

"그냥 전문가로서 드린 말씀입니다. 저는 결코 허리케인에게 좋은 감정을 가지고 있지 않습니다. 엔도 선수를 그렇게 박살 냈는데 호감을 가질 수 있겠습니까? 허리케인은 스포츠맨으로서 하지 않아야 할 짓을 했습니다. 경기를 치르면서 상대를 그렇게 만드는 건 치졸한 행동입니다."

"뭐가 치졸한데요?"

"허리케인은 일부러 잔인한 짓을 했어요. 그는 비난받아 마땅합니다. 그가 대한민국의 영웅으로 칭송되고 있는데 그건 잘못된 거예요. 그런 선수는 영웅이라 불릴 자격이 없습니다."

질문에 괜찮은 평가를 내리던 구시켄 요코가 이상한 말을 꺼내면서 최강철을 비난하자 김영국의 얼굴이 슬그머니 굳어졌다.

이놈이 미쳤나.

이제 보니 갑자기 찾아온 이유가 그 얘기를 꺼내기 위한 것 같다는 생각이 들었다.

"요코 씨, 당신은 혹시 일본에서 최강철 선수에게 한 행동을 알고 있습니까?"

"우리가 무슨 짓을 했단 말입니까?"

"그 시합에 일본 정치인이 개입되어 훈련을 하지 못하게 방해했고 뒤늦게 안 사실이지만 일본 원정 시 누군가의 사주를 받은 자가 최강철 선수한테 독침까지 썼어요. 누가 누굴 치졸하다고 비난할 수 있단 말이죠?"

"그건 말도 안 되는 평계요. 우린 그런 짓을 하지 않았소."

"우리는 항상 이런 말을 합니다. 자신의 잘못을 솔직하게 고백하는 것이 진정으로 용기 있는 사람이라고 말입니다. 요코 씨는 일본이 정의롭다는 말을 하고 싶은 모양인데 그런 말을 하려거든 이만 돌아가십시오."

"한국 사람들은 여전하군요. 방송하는 사람들이고 같은 복싱에 종사한다고 생각해서 왔는데 잘못 온 모양이네요."

"일본은 강제로 한국을 침탈해 놓고 지금까지 한 번도 정식으로 사과한 적이 없어요. 그래놓고 최강철 선수를 비난하니까 하는 말입니다. 뭐가 정의인지 제대로 알지 못하는 사람과 우리가 왜 계속 대화를 나눠야 한단 말입니까?"

*　　　　　*　　　　　*

시합 당일이 되자 당연하다는 듯 대한민국이 멈췄다.

간간히 다니는 버스 외에는 거리에서 차량을 구경하기 어려웠고 사람들의 모습도 자취를 감췄다.

오로지 득실대는 건 지자체에서 마련한 합동 응원 장소와 경기를 중계방송해 주는 맥줏집, 다방들뿐이었고 나머지 사람들은 집에 틀어박혀 가족들과 경기가 시작되기를 학수고대하는 중이었다.

그건 연예인들이라고 다를 게 없었다.

연예인들로 구성된 아마추어 야구단 돌개바람의 회원들은 일주일에 한 번 있는 야구 경기 대신 단골 맥줏집에 자리를 잡고 맥주를 마시기 시작했다.

돌개바람의 회장은 연기 20년 차인 손정호였는데 그는 10여 편의 드라마에서 뛰어난 연기력을 펼쳐 보인 사람이었다.

하지만 돌개바람의 상징은 그가 아니라 절정의 인기 영화배우 황호성과 매니저를 맡고 있는 이민경이었다.

둘은 연인 사이기도 했는데 이민경은 황호성 때문에 일요일마다 야구장으로 출근해서 궂은일을 도맡아 했다.

"민경 씨, 술 더 시켰어?"

"아휴, 회장님 너무 드시지 마세요. 그러다가 시합도 못 봐요."

"아냐, 아냐. 이럴 때는 무조건 마셔야 해. 그래야 열심히 응원할 수 있어. 안 그래?"

"그럼요!"

손정호의 말에 16명의 회원이 동시에 대답을 했다.

그들 역시 맨정신으로는 도저히 시합을 볼 수 없다는 생각을 하고 있는 것 같았다.

가장 큰 소리로 대답을 하고 자리에서 일어나 종업원을 부른 것은 황호성이었다.

그는 조각처럼 멋있는 외모를 지니고 있었는데 운동신경마저 뛰어나서 돌개바람의 에이스 투수였다.

맥주가 나오자 손정호를 시작으로 회원들이 맥주를 목구멍으로 퍼부었다.

여름철, 운동을 하고 땀을 흠뻑 흘렸다면 모를까, 이제 겨우 아침 9시가 넘었을 뿐인데도 이렇게 술을 마셔대는 건 평상시라면 절대 있을 수 없는 일이었다.

하지만 그런 모습은 그들에게서만 벌어진 게 아니었다.

다른 곳에 자리를 잡은 사람들도 마찬가지였다.

왜 가족들을 팽개치고 일요일 아침부터 이곳까지 왔는지 모르겠지만 사람들은 원수를 진 사람들처럼 맥주를 마시고 있었다.

뭔가 이상하다.

술을 마시는 사람들의 특징은 목소리가 커지는 것이고 말이 많아지는 것이었지만 호프집의 분위기는 평상시보다 훨씬 조용했다.

그리고 그런 조용한 목소리도 텔레비전을 통해 특집 방송에 대한 오프닝이 펼쳐지자 아예 정적 속으로 빠져들었다.

다들 안다.

왜 그들이 이렇게 마음 졸이고 있는지를.

그들은 떠들고 싶어도 떠들 수 없었다. 애써 밝은 척을 하려 해도 그럴 수가 없었다.

심장이 터질 것 같은데 어찌 웃을 수 있단 말인가.

*   *   *

시저팰리스호텔 특설 링에 화려한 불빛이 들어왔다.

저녁 6시부터 벌어진 오픈게임부터 텔레비전 중계가 시작되었지만 이미 다운사이징 게임은 2게임이 끝난 상태였다.

언제나 느끼는 것이지만 시저팰리스호텔의 화려함은 독보적이었다.

거대한 궁전을 연상시키는 호텔의 규모도 대단했지만 특설링을 밝히는 조명 시설은 세계 최고 수준이었다.

오픈게임이 벌어질 때부터 관중들은 이미 만원을 기록하고 있었다.

이것도 쉽게 볼 수 없는 일이다.

2만여 석의 관중 중 일반 판매를 기록한 것은 5천 석에 불과했으니 나머지 1만 5천 석은 세계에서 방귀깨나 뀐다는 유명 인사들이란 뜻이다.

그럼에도 오픈게임이 벌어지는 타임에 모든 관중석이 찼다는 건 이 게임이 가지고 있는 중요성과 기대감이 어느 때보다 크다는 것을 증명했다.

그들의 흥분이 얼마나 큰지는 오픈게임을 지켜보는 태도에서 알 수 있었다.

랭킹전에 불과했음에도 관중들의 피는 이미 뜨겁게 달아올라 연신 함성이 터지고 있는 중이었다.

세기의 빅 매치를 맞이해서 운 좋게 중계권을 따낸 ABC 측에서는 최고의 캐스터인 더글러스와 해설자인 닉 켄트를 중계방송에 배치시켰다.

그들은 6시가 되자 오프닝을 시작했는데 오픈게임에 대한 중계를 간간히 하면서 경기장의 모습과 앞으로 벌어질 최강철과 헌즈에 대한 이야기를 주로 나눴다.

"켄트 씨, 정말 대단한 인파입니다. 오늘 이곳 시저팰리스호텔 특설 링은 2만여 명의 관중이 운집되어 있는데요. 벌써부터 모든 객석이 꽉 찼습니다."

"예, 그렇습니다. 두 선수가 지닌 파괴력이 그만큼 크다는 걸 의미하는 것이겠지요. 아, 저기 아놀드 슈왈제네거의 모습이 비춰지는군요. 작년 터미네이터로 엄청난 관중을 끌어모았죠?"

"조던의 모습도 보이네요. 정말 링 사이드는 슈퍼스타들이 전부 자리한 것 같습니다. 슈가레이 레너드와 마빈 헤글러의 모습도 보입니다. 판타스틱4를 형성하며 복싱의 전성기를 이끌고 있는 전설의 인물들입니다."

"정치인들과 경영 쪽에서도 많이 왔군요. 제가 알기로는 클린턴 대통령 내외도 오려고 했는데 긴급한 정치 현안 때문에 오지 못했다고 합니다."

"인기로 보면 허리케인이 헌즈보다 훨씬 높죠?"

"헌즈 선수도 워낙 뛰어난 선수이기 때문에 엄청난 팬을 확보하고 있지만 허리케인과 비교하면 아무래도 차이가 나죠."

"이유가 뭘까요?"

더글러스가 모른 척하면서 묻자 닉 켄트의 시선이 잠깐 그를 바라봤다가 다시 돌아갔다.

그는 이 대화에 대해서 조금 더 끌고 나가려는 것 같았다.

그랬기에 닉 켄트는 빙긋 웃음을 지은 후 다시 입을 열었다.

"제가 해설을 하면서 누차 말씀드린 것처럼 허리케인의 경기 스타일은 강렬한 인파이팅입니다. 거기에 슬램 뱅에 익숙하고 슬러거이기도 합니다. 그가 보여주고 있는 25전승 KO승만 봐도 알 수 있죠. 최근 벌인 경기들을 보면서 저 역시 허리케인의 팬이 되었습니다. 그는 언제나 불리하다는 전문가들의 예상을 무색하게 만들 만큼 일방적인 경기력을 보여주었습니다. 그것도 관중들의 피를 펄펄 끓게 만들 정도의 명경기를 만들어냈습니다. 더군다나 그는 여성 팬들에게도 인기가 많은데요. 잘생긴 외모와 완벽한 그의 피지컬이 한몫하고 있는 것 같습니다."

"그렇군요. 방금 말씀하신 것처럼 이 경기도 전문가들의 평가는 헌즈 쪽에 유리한 것으로 나타나고 있죠?"

"복싱 전문가들은 7 대 3까지 보고 있습니다. 워낙 피지컬에서 차이가 나고 경기 운영 면에서도 헌즈가 유리하기 때문입니다. 하지만 제가 어제 확인한 결과 도박사들의 배팅이 달라져 있었습니다."

"그건 또 무슨 말씀이시죠?"

"며칠 전까지만 해도 라스베이거스의 도박사들은 6 대 4로 헌즈의 우세를 점치고 있었습니다. 그런데 어제 확인해 보니 5 대 5로 팽팽한 균형을 나타내고 있었습니다."

"아, 그런가요. 그건 참 의외군요. 전문가들보다 더 정확한 분석력을 가졌다는 도박사들이 그런 평가를 내렸다면 오늘 경기가 더욱 기다려지는군요."

"저 역시 그렇게 생각합니다."

놀란 표정을 숨기지 못한 더글라스의 대답에 닉 켄트의 얼굴에서 다시 한번 웃음이 떠올랐다.

밥값을 제대로 했다.

같이 일하는 더글라스까지 놀라게 만들었으니 이 중계방송을 지켜보는 모든 사람이 자신이 얻어 낸 정보를 몰랐을 것이다.

하지만 더글라스는 노련하게 표정을 바꾸고 다시 말을 이어 나갔다.

"켄트 씨, 전문가들은 헌즈의 플리커 잽과 크랩 가드, 그리고 숄더 롤로 이어지는 방어력을 허리케인이 뚫어내지 못할 것이라 예상하고 있습니다. 켄트 씨는 어떻게 생각하십니까?"

"헌즈의 방어력은 정말 뛰어나죠. 큰 키를 지니고 있기 때문에 그의 숄더 롤을 깨는 건 정말 어렵습니다. 더군다나 크랩 가드가 워낙 좋아서 복부 공략도 힘들죠. 강력한 공격력을 지닌 허리케인도 뚫기 어려울 겁니다."

"사람들은 헌즈 선수가 보여주는 강력한 라이트 스트레이트만 생각하고 있는데 그것도 잘못된 생각이죠?"

"그럼요, 워낙 헌즈 선수의 라이트 스트레이트가 인상적이기 때문에 그렇게 생각하지만 그의 어퍼컷과 레프트 복부 공격은 어마어마한 위력을 가지고 있습니다. 대부분의 선수가 접근전을 포기한 것은 그런 이유가 있기 때문입니다. 헌즈 선수의 공격 패턴은 원거리에서 플리커 잽으로 균형을 무너뜨리고 허점이 보이면 라이트 스트레이트 콤보로 이어집니다. 상대가 그런 공격을 겨우 피한다 해도 반격이 쉽지 않죠. 곧바로 빠른 스텝을 이용해서 뒤로 물러나는데 워낙 다리가 길어서 스텝의 폭이 상대방의 두 걸음이나 됩니다. 무리를 해서 공격을 하는 순간 어퍼컷과 짧은 졸트(Jolt)가 날아옵니다. 대부분의 선수가 여기서 대미지를 받고 쓰러지죠. 옆구리를 바짝 붙인 상태에서 날아오는 그의 졸트(Jolt) 펀치는 강력한 위력을 가지고 있습니다. 대표적인 경기가 피피노 쿠에바스와의 경기였죠. 쿠에바스는 헌즈의 장거리 포격보다 졸트 펀치에 무수한 대미지를 입었습니다."

상세한 설명을 들은 더글러스의 표정이 심각하게 변했다.

그 역시 오랫동안 복싱 쪽에서 일을 했지만 닉 켄트의 설명을 듣자 도저히 뚫고 들어갈 구멍이 없어 보였다.

그의 걱정은 허리케인이 과연 이렇게 완벽한 공수 능력을 가지고 있는 헌즈를 잡을 수 있느냐는 것이었다.

공식 석상에서 말을 하지 않았지만 그 역시 허리케인의 열렬한 팬이었다.

"점점 헌즈 선수가 왜 최고의 위치에 머무르고 있는지 알겠군요. 그렇다면 켄트 씨, 허리케인은 어떻습니까?"

"음… 허리케인은 저도 어떤 평가를 내려야 할지 단언하기 어렵습니다. 그는 뛰어난 샤프 슈터(Sharp Shooter: 레프트 잽이 능숙한 복서)이자 빅 펀처(Big Puncher)입니다. 웬만한 선수들 정도는 레프트 잽 하나만 가지고 상대할 수 있을 정도로 굉장한 잽을 보유하고 있죠. 더군다나 그의 펀치는 블래스팅 블로(Blasting Blow)이며 전광석화와 같은 스피드까지 지녔습니다. 동급으로 봤을 때 그를 상대할 수 있는 선수들을 찾는건 쉽지 않은 일이에요. 하지만 전문가들이 믿어지지 않는 능력을 가진 허리케인이 고전할 거라 예상하는 건 결국 리치 차이 때문입니다. 하나 더 덧붙인다면 체중 조절에 관한 것이지요. 웰터급에서 보여준 허리케인의 지칠 줄 모르는 체력이 슈퍼 웰터급에서도 이어질지 걱정되거든요."

"그건 왜 그렇죠?"

"복싱에서 체중이 차지하는 비중이 그만큼 크기 때문입니다. 허리케인은 25전 동안 한계 체중을 67kg으로 맞춰서 싸워왔어요. 이런 체중으로 싸우는 것과 71kg으로 싸우는 건 웨이트 차이에서 오는 체력 소비가 달라요. 그런 이유가 있기 때문에 오늘 경기가 걱정되는 겁니다."

"그럼 한 가지만 더 묻겠습니다. 닉 켄트 씨는 이 경기의 승패를 어떻게 보십니까?"

"허리케인의 공격력과 방어력은 당대 최고 수준입니다. 저는 그의 방어력이 헌즈 선수의 공격력을 감당할 수 있느냐가 이 경기의 승패를 결정지을 거라 생각합니다. 만약 허리케인이 헌즈 선수의 주 무기들을 받아넘길 수만 있다면 흥미진진한 승부로 이어질 겁니다."

최강철은 밴딩을 하고 있는 이성일을 물끄러미 바라보았다.

이놈 봐라.

25전을 싸워왔지만 밴딩을 하는 이성일의 손이 떨리는 건 처음 봤다.

놈은 얼마나 긴장했는지 밴딩을 하는 손이 사시나무 떨리는 것처럼 떨고 있었는데 입술이 부르튼 건 벌써 오래전의 일이었다.

"성일아, 너 왜 그래?"

"응, 내가 뭘?"

"왜 그렇게 떨어, 인마. 네 손이 진동 안마기냐?"

"아휴, 말 시키지 마. 네가 자꾸 말 시키니까 밴딩이 잘 안 되잖아."

"이 자식아, 거기 꼬였다."

최강철이 왼손을 들어 밴드가 잘못된 곳을 지적하자 옆에 있던 윤성호가 성큼성큼 다가와 이성일의 밴드를 가로챘다.

"야, 넌 잠깐 쉬어. 나머지는 내가 할게."

윤성호가 밴드를 뺏은 후 빠르게 감기 시작하자 이성일이 뒤로 물러나 그 모습을 말없이 지켜봤다.

평소 같았다면 절대 뒤로 물러서지 않았을 테지만 그의 얼굴은 불안과 초조에 젖어 아무 생각도 없는 것 같았다.

밴딩이 끝난 후 최강철이 자리에서 일어나 양손의 감각을 확인하다가 그의 눈을 바라보았다.

"뭐 할 말 있어?"

"강철아……."

"왜 그래?"

"씨발, 아니다."

"너 답답하게 만들래? 조금 있으면 시합에 나가는 놈한테 궁금증 만들어놓는 트레이너가 어디 있어. 빨리 말 안 해!"

"나, 겁난다. 네가 다칠까 봐."

"무슨 소리를 하는 거야."

"우리 작전이 통하지 않으면… 그래서 도저히 어렵다고 생각되면 일어나지 마. 이걸 말하고 싶었다."

"야, 이 자식아!"

"제발, 내 말대로 해줘. 응?"

간절한 눈으로 바라보는 이성일을 향해 최강철이 눈을 부릅떴다.

놈의 심정을 안다.

헌즈의 경기를 돌려보며 그가 터뜨린 주먹에 당해 펀치 드렁크가 된 선수들을 수없이 눈으로 확인했겠지.

그중에는 이기고 싶다는 마음에 다시 일어났다가 실신해 버린 선수들도 여럿 있었다.

이 새끼는 전생이나 지금이나 여전히 자신에게 부모 노릇을 하려고 한다.

입맛을 다시고 옆으로 눈을 돌리자 윤성호가 모른 체하며 다른 곳을 바라보고 있는 게 보였다.

이 사람들이 정말.

시합 나가는 선수한테 이게 뭐 하는 짓이야!

모든 오픈게임이 끝나고 결전의 순간이 다가오자 김영국과 정민철은 안절부절못했다.

지금 대한민국에 있는 모든 국민도 그와 비슷한 심정일 것이다.

링 위에는 WBA와 WBC 회장을 비롯해서 이 게임을 주최한 돈 킹과 밥 애런이 차례대로 들어섰고 장내 아나운서에 의해 주요 인사들의 소개가 이어지고 있었다.

이미 방송을 시작한 지 1시간 반이나 흐르고 있었지만 그 시간들이 눈 깜짝할 시간에 지나가 버린 것 같았다.

기다리면서도 기다리지 않았다.

그냥 이대로 이 시간이 멈췄으면 좋겠다는 생각이 들었다.

최강철이 이창래를 도와 MBC 측에 중계방송을 독식하도록 했을 때는 그토록 미웠으나 지금은 아예 그런 적이 있었던지 생각조차 나지 않았다.

"고국에 계신 국민 여러분, 지금 링에서는 WBA 회장인 카를로스 씨가 소개되고 있습니다. 저분은 작년에 새로 선임되었죠?"

"예, 맞습니다. 멕시코 출신으로 나이가 65세입니다. 저분이 있었기에 이 경기가 성사되었다고 생각하시면 되겠습니다. 사실 최강철 선수의 슈퍼 웰터급 도전은 조금 자격에 문제가 있었어요. 타이틀에 도전하기 위해서는 슈퍼 웰터급에서의 전적이 있어야 되는데 카를로스 회장은 최강철 선수의 웰터급 전적을 인정해서 랭킹에 올려주었죠."

"아, 이제 모든 인사의 소개가 끝났습니다. 곧 양 선수의 입장이 있을 것 같습니다. 화면에서 우리의 자랑스러운 최강철 선수의 모습이 보입니다! 정 위원님, 최강철 선수의 컨디션이 어떤 것 같습니까?"

그걸 내가 어떻게 알아.

말도 안 되는 질문을 받으면서 정민철이 잠시 주춤했지만 노련하게 입을 열었다.

"얼굴에 홍조가 깃들어 있는 걸 보니 풋워크를 충실히 한 것 같습니다. 제가 알기로 최강철 선수는 5개월 동안 지독한 훈련을 해왔습니다. 그렇기 때문인지 몸 상태는 좋아 보이는 군요."

"다행이군요. 오늘 최강철 선수가 선전해 줄 것을 기원합니다. 이번에는 헌즈 선수의 모습이 보입니다. 헌즈 선수도 출전 채비를 모두 갖춘 걸로 보이죠?"

"역시 크군요. 그냥 서 있는 것만으로도 위압적이에요."

"아, 말씀드리는 순간 최강철 선수가 라커룸을 나섭니다. 장내 아나운서가 최강철 선수의 출전을 알리고 있습니다. 자랑스러운 최강철 선수 라커룸을 나서서 당당한 걸음으로 경기장을 향해 걸어 나옵니다. 국민 여러분, 최강철 선수가 출전하고 있습니다. 결전의 순간이 다가오고 있습니다. 최강철 선수 반드시 이겨주기를 간절히 기원합니다!"

*　　　　*　　　　*

똑같은 길.

나는 이 길을 걸어 나갈 때마다 항상 투지를 불태웠다.

상대가 누구든 그리고 장소가 어디든 상관하지 않았다.

오늘도 마찬가지다.

내가 목표로 했던 두 번째 상대, 킹코브라 토머스 헌즈.

그에 대한 평가를 들으며 두려움에 젖었던 수많은 사람의 얼굴이 떠올랐으나 한 번도 진다는 생각을 하지 않았다.

나의 심장은 강철처럼 단단했고 내 체력은 지상 최강이다.

이런 자신감으로 나는 오늘도 싸울 것이다.

화려한 불빛.

경기장으로 들어서자 먼저 화려한 불빛이 눈을 부시게 만들었고 뒤이어 폭탄 같은 함성이 울려 퍼졌다.

최강철의 입장을 확인한 관중이 내지른 환영이었다.

그 함성을 들으며 오른팔을 번쩍 들어 올렸다. 그러고는 뒤를 따라오던 이성일의 손에서 깃발을 뺏어 들었다.

교민회장은 음식을 다 먹었을 때 태극기가 달린 깃발을 전해주며 경기장에 가지고 들어가 달라고 부탁했었다.

전혀 주저하지 않았다.

자신으로 인해 국민들의 정신이 좌우된다는 생각이 들었을 때부터 태극기를 드는 것에 아무런 거리낌도 갖지 않았다.

웃기는 건 그가 태극기 깃발을 들고 들어가는데도 미국 관중들의 환호가 멈추지 않는다는 점이었다.

링에 올라 이성일에게 깃발을 넘겨주고 관중들의 환호에 다시 한번 팔을 들어 답례를 해주었다.

그리고 가볍게 몸을 풀며 헌즈가 출전하기를 기다렸다.

"강철아, 훈련한 대로만 가자."

"알았습니다. 그런데 표정 좀 풀면 안 됩니까. 계속 그렇게 있으면 링에서 확 내려갈 겁니다!"

"인마, 그게 내 맘대로 되냐."

"하여간 정말 마음에 안 들어. 이건 꼭 죽으러 가는 사람들 같잖아."

최강철이 링에 들어와 긴장된 눈을 하고 있는 윤성호와 이성일을 바라보며 신경질을 냈다.

긴장한 건 이해하지만 너무 바짝 졸아 있는 걸 보니 이 사람들이 산전수전 다 겪은 게 맞는지 의심스러운 생각이 들었다.

얼마나 지났을까.

관중들 속에서 다시 한번 함성이 터지며 헌즈가 걸어 나오는 게 보였다.

그의 얼굴에는 웃음이 담겨 있지 않았다.

어제 있었던 인터뷰에서 흥분해 날뛰던 것과는 달리 차분하게 가라앉은 모습이었으나 무표정 속에 담긴 건 바로 분노였다.

사람들의 함성을 들으며 링에 들어 온 헌즈는 관중들에게 답례조차 하지 않고 최강철을 향해 주먹을 내밀었다.

저격수가 총을 겨누는 것처럼.

새끼, 정말 팔은 길다.

그 모습을 보면서 빙긋 웃어주었다.

놈이 받아들이기엔 비웃음으로 보였겠지만 그건 아니었고 헌즈의 얼굴에 들어 있는 분노를 확인했기에 지은 웃음이었다.

작전이 먹혔다.

놈은 어제의 일을 잊지 못하고 자신의 얼굴을 확인하자 격렬한 적의를 나타내고 있었다.

국가 제창이 이어졌고 장내 아나운서의 선수 소개가 이어졌다.

이게 마지막 행사다.

길고 길었던 행사가 끝나면 저기 강철 옷을 입은 것처럼 검은 피부의 사내와 운명의 한판 승부를 벌여야 한다.

"선수 소개를 하겠습니다……."

장내 아나운서의 목소리마저 떨리는 것 같았다.

최강철의 팬이라면 그에 대한 프로필은 이제 눈감고 외울 정도였고 헌즈 역시 전설적인 복서였으니 마찬가지 상황이었다.

장내 아나운서의 소개에 관중들의 함성이 끊이지 않았다.

25전 25KO승의 허리케인 최강철, 56전 48KO승 4패 1무의 킹코브라 토머스 헌즈의 무시무시한 전적이 소개될 때마다 관중들은 경기장이 떠나갈 정도의 함성을 내질렀다.

하지만 그 함성은 레프리가 양 선수를 링의 중앙으로 모이게 하자 급격하게 작아졌다가 곧 멈췄다.

함성을 대신해서 경기장을 가득 채운 건 긴장이었다.

곧 다가올 거대한 전투를 직접 눈으로 확인하게 되는 순간이 다가오자 관중들은 연신 마른침을 삼키며 숨조차 제대로 쉬지 못했다.

막상 마주 보고 서자 머리 하나가 더 있는 것처럼 커 보였다.

거기다 머리마저 작아 실제보다 더 큰 것 같았다.

전신에 매달려 있는 근육이 살아 움직였다. 헌즈의 긴 팔은 전체가 근육으로 뭉쳐져 있는 것처럼 단단했는데 마치 살아 움직이는 창처럼 느껴졌다.

가장 인상적인 것은 헌즈의 트렁크가 자신의 배꼽까지 올라와 있다는 것이었다.

정말 길다.

큰 키에 긴 다리, 거기에 돌멩이만 한 작은 대갈통, 그리고 창을 무색하게 만드는 팔까지.

상대하기 정말 까다로운 놈이다.

마주 시선이 부딪치자 완전한 적의를 드러낸 헌즈의 눈이 번들거리며 다가왔다.

그 시선을 향해 푸른 섬광처럼 뻗어나간 최강철의 시선이 부딪쳤다.

헌즈는 자신의 감정을 모두 눈으로 나타내고 있었으나 그건 최강철도 마찬가지였다.

강력한 투지다. 그리고 절대 지지 않겠다는 불타오르는 전의가 그의 눈에서 줄기줄기 새어 나오고 있었다.

두 선수의 시선이 유성처럼 부딪쳤다.

헌즈도, 최강철도 상대방의 시선을 회피하지 않았다.

눈싸움.

최강철이 눈싸움을 피하지 않은 것은 기세에서 제압되지 않기 위함이었다.

이런 종류의 선수에게는 기세가 제압되는 순간 힘든 경기를 하게 된다.

레프리의 주의 사항을 듣고 코너로 돌아오자 윤성호가 급하게 입을 열었다.

그는 마지막으로 바셀린을 점검해 주면서 시선은 힌즈 쪽으로 향하고 있었다.

"강철아, 저 새끼의 어퍼컷과 옆구리 공격을 조심해야 해. 그걸 맞으면 절대 안 된다. 알겠어?"

"알겠습니다."

"저놈은 뒤로 빠질 때 직선으로 움직인다. 사이드로 빠지는 경우가 많지 않다는 거 잊지 마. 그리고 천천히 봐. 급하게 하지 말란 말이야."

"예."

최강철이 윤성호의 지시에 짧게 대답했다.

어차피 수도 없이 들었던 말이었고 그에 대한 준비도 많이 했기에 더 이상 할 말이 없었다.

하지만 마우스피스를 입에 물 동안 두 사람의 잔소리는 끝이 없었다.

"플리커 잽에 적중되는 순간 무조건 라이트 스트레이트가 날아와. 맞으면 더킹을 하거나 슬리핑으로 흘려야 돼. 그리고 붙어!"

"오케이."

"그리고 말이야, 크랩 가딩은……."

이성일의 말에 웃음을 지어주었다.

그것참 이상하다.

라커룸에서는 그렇게 긴장해서 제대로 말조차 하지 못했던 사람들이 막상 경기에 들어가자 미친 사람들처럼 떠들어댔다.

*   *   *

집권당 대선 캠프의 선거 위원장 류택상은 참모들과 함께 선거 사무실에서 텔레비전을 지켜보고 있었다.

그는 여당 대통령 후보의 최측근으로서 경남 창원을 지역구로 3선에 성공했으며 이제 자신이 모시고 있는 주군이 대통령이 된다면 청와대 수석 자리든 장관이든 무조건 한자리를 차지하게 될 것이다.

이제 선거는 한 달여밖에 남지 않았기 때문에 바쁘게 움직여야 할 시간임에도 후보가 모든 일정을 취소하고 집에서 쉬고 있어 오랜만에 휴식을 취하고 있는 중이었다.

당연한 일이다.

모든 국민이 아예 나올 생각조차 하지 않았고 전부 단체 응원을 펼치기 위해 모여 있었으니 괜히 나가봤자 모양만 우습게 된다.

어느 등신은 한 장소에 수만 명씩 모이니까 그곳을 집중적으로 공략하면 어떻겠냐는 의견을 내놨으나 류택상은 단칼에 그런 의견을 무시해 버렸다.

누울 자리를 보고 다리를 뻗어야 한다.

그 많은 인원이 한자리에 모인 것은 오로지 최강철을 응원하기 위함이었으니 그런 분위기에 편승해서 득을 보려고 한다면 오히려 역풍을 맞아 후보의 이미지를 훼손할 가능성이 컸다.

지금 선거 사무실에는 10여 명이 모여 최강철이 출전하는 모습을 지켜보고 있었다.

"최강철이 태극기를 직접 들고 들어가는군요. 저런 모습은 처음 아닙니까?"

"그렇군요."

장석명이 슬쩍 묻자 유택상의 얼굴이 슬쩍 굳어졌다.

그의 말대로 최강철이 출전하면서 태극기를 들고 들어간 것은 처음이었다.

머리에 두른 태극기가 달린 머리띠, 그리고 깃발.

과연 저런 행동을 하는 이유가 무엇일까?

금년 초에 벌어진 총선에서 최강철은 눈엣가시 같은 정우석과 몇 명 의원을 지원해서 국회의원에 당선시켰다.

정우석은 삼 당 합당 시 당이 정의와 국민의 뜻을 거스르고 오로지 집권 야욕에만 정신이 팔렸다며 당을 뛰쳐나간 배신자였다.

그로 인해 받은 타격을 생각한다면 지금도 이가 갈릴 지경이었다.

삼 당 합당에 반대한 국민들은 정우석을 신의와 정조를 지킨 정치인이라 치켜세우며 그의 열렬한 추종자로 변모했기 때문에 여당은 똥물을 뒤집어쓸 수밖에 없었다.

정치에 절대 관여하지 않았던 최강철이 정우석을 비롯해서 여러 명의 국회의원 선거 유세에 나선 걸 보며 정치권에서 말이 많았다.

하지만 그 말들은 금방 수그러들었는데 여야를 구분하지 않고 지원한 것이 개인적인 친분 관계로 이해되었기 때문이다.

만약 야당 편에 서서 활동했다면 벌써 반쯤 죽여놨을 테지만 그것이 아니었으니 굳이 국민들에게 영웅 취급을 받는 최강철과 척을 질 이유가 없었다.

장석명의 입이 다시 슬그머니 열린 것은 링에 오른 최강철을 향해 관중들이 뜨거운 함성을 보내 줄 때였다.

하지만 그에게 들린 것은 텔레비전에서 나오는 미국 관중의 소리보다 주변 건물에서 나온 한국 국민들의 함성 소리가 더 컸다.

최강철의 출전에 강남 선거 캠프를 둘러싸고 있는 수많은 빌딩 등이 들썩거렸던 것이다.

"이번 선거에 최강철이 우릴 도와준다면 훨씬 수월하게 싸울 수 있을 텐데요. 저놈은 국민들한테 엄청난 인기가 있잖습니까?"

"그러게 말입니다. 혹시 장 위원님은 저 사람과 인연이 있습니까?"

"아뇨, 전혀 없습니다. 하지만 저 친구와 인연 있는 사람이 우리 당에 있잖아요. 민인식 의원 말입니다."

"그런 개차반을……."

민인식의 이름이 나오자 류택상의 입에서 즉시 으르렁거리는 소리가 흘러나왔다.

또라이다.

민인식은 집권당의 일원이면서도 수시로 당론에 반발하며 야당 편을 들기도 했고, 어떤 때는 저 혼자 사회정의를 부르짖으며 시키지 않은 법률을 제정하겠다고 설쳐댔다.

누가 국가를 위해서 일해야 된다는 걸 모른단 말인가.

하지만 그것도 정권을 유지해야 가능한 일이고 권력이 있어야 국민들을 위해 일할 수 있다는 걸 민인식은 인정하지 않았다.

그랬기에 류택상은 민인식의 얼굴만 보이면 옆으로 고개를 틀고 알은척을 하지 않았다.

"위원장님, 민인식은 최강철의 지원을 받고 선거에 당선되었어요. 정치에는 관여하지 않던 최강철이 그를 위해 나선 것은 커다란 친분이 있기 때문이에요. 민인식이 껄끄럽지만 이용해 먹을 때는 이용해 먹어야 합니다."

"음……"

"우리가 못 할 게 뭐가 있겠습니까. 최강철 때문에 우린 저번 사건으로 꽤 큰 타격을 입었어요. 이제라도 그를 영입해서 선거에 써먹을 수만 있다면 오히려 전화위복이 될 겁니다."

충분히 일리가 있는 말이다.

그리고 최강철을 정말 지원 유세에 가담시킬 수만 있다면 이 선거는 끝난 것이나 다름없다.

그만큼 최강철의 인기는 국민들 사이에서 압도적이었다.

텔레비전 화면에서는 최강철이 헌즈와 눈싸움하고 있는 장면이 나오고 있었다.

강렬한 눈빛.

꼭 한 마리 야수를 연상시키는 최강철의 눈을 확인하자 슬그머니 오한이 올라왔다.

그만큼 그의 눈은 보는 사람을 송연하게 만들 정도로 무시무시했다.

"좋습니다. 민인식에게 이야기해 보세요. 저놈만 데려온다면 그토록 원하던 국방위원회에 넣어주겠다고 하세요!"

*　　　*　　　*

때앵!

공이 울리자 최강철은 링의 중앙으로 나가 레프리의 주재 아래 헌즈와 주먹을 부딪쳤다가 잠시 물러났다.

하지만 레프리가 중앙에서 팔을 그어 내리는 순간 빠르게 헌즈의 가슴팍을 향해 다가갔다.

쌔액!

접근하는 순간 공간을 가르는 파공성이 장검을 내려치는 것처럼 귓가를 스쳐 지나갔다.

플리커 잽이다.

먼저 주먹을 날리지 않은 것은 바로 이 플리커 잽을 피하기 위함이었다.

헌즈의 스텝은 직접 눈으로 확인하자 화면에서 보는 것보다 훨씬 빨랐다.

경중경중 뛰는 것처럼 보여 느리다는 생각을 가졌는데 그가 접근했을 때는 이미 전권에서 벗어난 상태였다.

그럼에도 최강철은 접근을 멈추지 않았다.

쉬익, 쉬익, 쉬익!

원거리에서 헌즈의 레프트 잽이 창처럼 날아와 최강철의 전신을 노리며 연사되었다.

그럼에도 최강철은 주먹을 내는 대신 더킹과 위빙, 슬리핑, 스웨잉 등 모든 방어 기술을 펼치며 접근전을 멈추지 않았다.

헌즈는 플리커 잽이 계속해서 빗나가자 라이트 스트레이트를 가동하지 않았다.

그가 가장 두려워하는 것은 자신의 잽이 실패했을 때 날아오는 상대의 반격이었다.

레너드와의 경기에서 그는 패링에 의한 레너드의 양 훅에 여러 번 당했고 결국은 1차전에서 KO패 당하는 수모를 겪었다.

하지만 최강철이 노린 것은 패링에 의한 스트레이트나 양 훅이 아니라 바로 옆구리였다.

파공음이 귓가로 스쳐 지나가는 순간 최강철의 라이트가 헌즈의 복부를 향해 날아갔다.

빠악!

맞혔다.

움찔하는 게 느껴질 정도로 강력한 바디 공격이었다.

최강철은 헌즈가 복부를 맞고 뒤로 물러서는 순간 다시 바짝 따라붙었다.

위기 때가 되면 복서는 자연스럽게 자신이 가지고 있는 주 무기들이 튀어나온다.

그건 복서로서의 본능이었다.

아무리 상대를 속이기 위해, 또는 전략상 감추었던 것들도 예상치 못했던 위기에서는 부지불식간에 튀어나오게 마련이다.

우웅, 웅, 웅!

최강철의 라이트 스트레이트와 양 훅을 피해낸 헌즈의 반격이 시작되자 귀신의 울음소리가 링에 가득 찼다.

그가 자랑하는 공포의 라이트 스트레이트와 양 훅, 그리고 어퍼컷이 난사되기 시작했던 것이다.

역시 무섭다.

엄청난 스피드로 빠져나오는 헌즈의 펀치는 한 대만 맞아도 그냥 쓰러질 정도로 막강한 위력을 가지고 있었다.

이래서 쿠에바스와 듀란이 접근전조차 펼치지 못하고 뒤로 물러섰구나.

그러나 여기서 물러서면 진다.

물러서는 순간 헌즈는 거리를 확보하고 본격적으로 공격을 시작하게 될 것이다.

다른 선수와는 다르다.

헌즈의 공격은 2m에 달하는 리치를 이용해서 거리를 측정하고 원거리에서 퍼붓기 때문에 뒤로 물러서게 되면 반격조차 하지 못하게 된다.

최강철은 뒤로 물러나는 대신 위빙과 더킹을 이용해서 펀치를 흘려내며 돌진을 감행했다.

이성일이 짜놓은 전략은 돌진해 헌즈의 팔 길이보다 짧은 거리에서 싸우는 것이었다.

물론 위험하다.

그럼에도 정해진 거리에서 싸우게 되면 헌즈의 펀치력을 반감시킬 수 있고 레프트 잽의 공포에서 해방될 수 있었다.

문제는 지금처럼 헌즈가 훌쩍 뒤로 물러나 연속으로 플리커 잽을 날려오는 것이었다.

각도에 상관없이 날아오는 그의 잽은 스트레이트 이상의 위력을 가졌고 적중되는 순간 거리가 측정된 상태에서 터지는 라이트 스트레이트에 저격당할 위험성이 있었다.

이 공격 패턴을 깨기 위해 최강철은 오랫동안 레드불스의 선수들을 이용해서 장대를 이용한 방어법을 익혔다.

네 명의 선수가 2.5m의 거리에서 순서와 상관없이 무자비하게 찌르는 것을 피하는 훈련법이었다.

처음에는 많이 찔렸으나 점점 반사 신경이 반응하면서 그들의 장대 공격을 완벽하게 피할 수 있었다.

그 훈련의 효과가 지금 발휘되었다.

헌즈의 플리커 잽은 레드불스의 선수들이 찌른 장대보다 훨씬 위력적이고 빨랐으나 시간이 지날수록 점점 적응이 되어

갔다.

잽을 피하면 언제나 헌즈의 복부를 두드렸다.

아무리 펀치의 회수력이 빠르다 해도 허공을 가르고 회수되는 순간 날아간 최강철의 펀치보다 빠를 수는 없다.

이것 역시 이성일이 생각해 낸 것인데 두 가지 효과가 있었다.

하나는 크랩 가딩으로 완벽하게 보호되는 헌즈의 복부를 공격할 수 있다는 것이었고, 또 하나는 계속 복부를 공격당할 경우 왼쪽 어깨로 커버링하던 숄더 롤까지 무너뜨릴 수 있다는 것이었다.

이 공격의 핵심은 왼쪽 잽을 생략하고 헌즈의 라이트 스트레이트를 대비하는 점이었다.

헌즈는 자신의 복부 공격이 계속되면 결국 그 순간을 이용해서 라이트 스트레이트 공격을 감행해 올 것이기 때문이었다.

그리고 그 예상은 정확하게 맞았다.

위잉!

다시 한번 복부 공격이 들어가자 뒤로 물러서지 않고 헌즈의 라이트 스트레이트가 벼락처럼 날아왔다.

예상하지 못했다면 피할 수조차 없을 정도로 빠르고 강력한 공격이었다.

하지만 최강철은 이미 예상하고 있었기 때문에 오른쪽으로 돌아 그의 공격을 피해냈다.

방어를 하면서도 접근을 포기하지 않았다.

헌즈의 펀치를 흘려낸 최강철은 곧장 돌격하며 복부를 향해 6차례의 쇼트 훅을 갈겼다.

단순한 공격이다.

그러나 확실하게 효율적인 공격이란 건 누구도 반론을 제기하지 못한다.

이 경기가 얼마나 오래 지속될지 모르지만 헌즈의 최대 약점은 턱이 약하다는 것과 격렬한 경기에서의 체력 소모가 훨씬 심해진다는 것이었다.

복부를 공격하고 헌즈의 몸통을 밀었다.

철벽에 부딪친 것같이 꼼짝하지 않았으나 최강철은 물러서지 않고 바짝 붙은 상태에서 10여 발의 콤비네이션 공격을 퍼부었다.

헌즈의 반격도 대단했다.

긴 팔 때문에 쇼트 펀치를 구사하기 어려울 거란 예상을 깨고 그는 접근해 온 최강철의 공격을 완벽한 숄더 롤로 커버링하면서 자신의 특기인 어퍼컷과 복부 공격으로 반격을 가해왔다.

좋아, 헌즈.

내가 건 심리전의 결과가 이것으로 나타난 거라면 너는 최악의 선택을 했구나.

경중거리며 뒤로 도망가면 어쩌나 했더니 다행이다.

난타전.

헌즈는 자신이 가져온 전략을 지키기 위해 밀리지 않으려 안간힘을 썼고, 최강철 역시 헌즈의 장거리 공격을 무력화시키기 위해 필사적으로 달라붙었다.

관중들의 입장에서 봤을 때는 정말 어처구니없는 경기가 펼쳐지고 있었다.

헌즈의 경기는 단 두 가지 경우뿐이었다.

헌즈가 상대를 쫓든가, 아니면 완벽한 아웃복싱을 펼치며 야금야금 적을 무너뜨리는 방법이었다.

하지만 지금은 링의 중앙에서 맞붙어 끊임없이 펀치를 주고받는 난타전이 벌어지고 있었다.

단 한순간에 불과한 접전이 아니라 경기를 시작한 후 지금까지 두 선수는 링의 중앙에서 빙빙 돌며 무수한 펀치를 주고받았다.

경기장이 떠나갈 것 같은 환호와 함성.

그냥 펀치를 주고받는 게 아니라 일격, 일격이 상대의 목숨을 거두기 위한 필살기였기 때문에 관중들은 경기 시작한 지

불과 30초 만에 전부 일어났다.

그들뿐만이 아니다.

세계 30개국에서 날아온 중계진들이 전부 일어섰다.

그들은 전부 자리에서 벌떡 일어나 두 선수의 난타전을 중계하고 있었는데 얼마나 소리를 질러댔는지 마치 싸우는 사람들처럼 보였다.

견딜 만하다.

벌써 여러 대 헌즈의 쇼트 펀치에 맞았으나 충분히 견딜 만했다.

커버링에 걸린 다음 들어온 펀치들이었기 때문이다.

대부분의 펀치는 커트와 블로킹으로 차단했으나 패링과 슬리핑으로 이어진 공격들마저 완벽하게 피할 수는 없었다.

바짝 접근된 상태에서 더킹과 스웨잉은 의미가 없어진다.

더킹과 스웨잉을 펼치게 되는 순간 주도권을 뺏기기 때문에 차라리 맞는 한이 있더라도 그런 기술들은 쓰면 안 된다.

따라서 접근전은 패링과 슬리핑에서 연환되는 공격력으로 승부가 결정될 수밖에 없기에 두 선수는 상대의 펀치를 막는 동시에 펀치를 난사시키는 상황을 계속해서 만들어냈다.

최강철은 처음 링에 들어와 헌즈를 쏘아볼 때처럼 파란 불꽃 시선을 거두지 않고 펀치를 갈겨댔다.

나도 맞았지만 너는 나보다 더 많이 맞았다.

내 펀치는 단발에 죽이지 않는 대신 맞으면 맞을 수록 골병이 들지만 네 펀치는 나한테 충격을 주지 못해.

그렇기 때문에 같이 때리고 맞으면 죽는 건 너란 말이다.

헌즈의 라이트 쇼트 스트레이트를 슬리핑시키며 최강철의 레프트 훅이 따라 들어갔다.

덜컥!

감촉이 좋다.

그리고 얼굴을 얻어맞은 헌즈의 몸이 경직되는 게 느껴졌다.

1라운드를 불과 20초 남기고 발생한 상황이었다.

본능적으로 좌우 훅으로 보디를 때리고 잠시의 타이밍도 쉬지 않은 채 펀치가 얼굴로 올라갔다.

복서의 생명은 얼마나 기회를 잘 포착하느냐는 것이었고 최강철의 가장 커다란 장점은 그것을 잡아내는 능력이 너무나 뛰어나다는 것이었다.

파바바바앙… 파방, 팡, 팡!

기회를 잡자마자 무차별적인 콤비네이션 연타가 불을 뿜었다.

최강철을 허리케인이라 불리게 만들었던 그 열화와 같은 펀치의 샤워.

헌즈가 더 이상 견디지 못하고 뒤로 물러서기 시작했다.

당연히 반격이 날아왔으나 최강철은 포기하지 않고 끝까지 물고 늘어졌다.

계속 들어가는 연타 공격에 헌즈의 기형적인 팔이 오그라들었다.

완벽한 커버링.

크랩 가딩까지 포기한 완벽한 커버링으로 버티는 헌즈를 보면서 관중들은 발악하는 것처럼 소리를 질러댔다.

전혀 예상치 못했던 상황이 계속 발생되었기에 그들은 슬금슬금 솟구쳐 오르는 전율을 참지 못하고 괴성을 질러댈 수밖에 없었다.

대부분의 전문가들이 내놓은 전망과 완전 상반된 결과가 나타나고 있었다.

누가 이런 경기를 예상했던 말인가.

1라운드부터 폭풍처럼 몰아치는 최강철의 경기력을 보면서 관중들은 '허리케인'이란 단어를 목이 터져라 소리쳐 불러댔다.

"최강철 선수, 라이트에 이은 레프트 보디. 몰아칩니다! 이게 웬일입니까. 이게 웬일입니까! 폭풍 같은 연타. 헌즈 선수 쩔쩔맵니다! 코너 쪽으로 몰고 들어갑니다. 헌즈, 반격을 하지 않고 완벽한 커버링을 하면서 최강철 선수의 공격을 받아내고 있습니다!"

"방어력이 정말 좋군요. 팔을 올리니까 때릴 데가 없어요."

"그러나 최강철 선수 다시 양 훅! 헌즈 선수의 머리가 흔들립니다. 정 위원님, 가딩 위로 맞아도 대미지를 입지 않을까요?"

"갑니다. 분명히 대미지가 있을 거예요. 최강철 선수가 던지는 지금 펀치는 완벽하게 조준이 되어 날아가는 겁니다. 아무리 완벽한 가딩을 한다 해도 대미지가 가는 건 막을 수 없습니다."

"최강철 선수, 잠시도 물러서지 않습니다! 정말 무시무시한 공격을 퍼붓고 있습니다. 아, 이때 공이 울렸습니다! 아쉽습니다, 아쉽습니다! 헌즈 선수 죽다 살아났습니다."

"시간이 조금만 더 있었으면 좋았을 걸 그랬습니다. 하지만 최강철 선수, 정말 잘 싸웠습니다."

"고국에 계신 국민 여러분, 최강철 선수가 1라운드부터 엄청난 경기력을 선보이며 헌즈 선수를 몰아붙이고 있습니다. 이런 경기력이라면 오늘 좋은 결과가 있을 거라 조심스럽게 예상해 봅니다. 그럼 잠시 광고 보고 돌아오겠습니다."

피디의 사인을 확인하면서 마이크를 놓은 김영국이 자리에 털썩 주저앉았다.

그러면서도 아쉬움에 가득 찬 눈으로 정 PD를 째려봤다.

　아무리 돈도 좋다지만 이런 상황에서 광고를 내보내겠다고 경기 중계를 잘라먹다니 지금 이 경기를 지켜보는 국민들이 얼마나 욕할지 눈에 선했다.

　"정 위원님, 이거 전혀 다른 결과죠?"

　"그렇기 한데 이러니까 더 걱정되네. 저러다가 자칫 반격이라도 당하면 끔찍한 결과가 일어날 수 있어. 헌즈의 KO승 중에서 카운터펀치로 끝낸 게 20번도 넘어."

　"불안하게 왜 그런 말씀을 하세요, 심장 떨어지게."

　"나라고 안 그러겠나. 이 경기는 그냥 집에서 보는 게 나을 뻔했어. 최강철 이 자식, 정말 어쩌려고 1라운드부터 이러는지 모르겠네."

　"아까는 잘하고 있다면서요?"

　"접근전을 펼치는 건 뻔해. 헌즈의 강력한 원거리 공격을 막겠다는 뜻이지. 그런데 말이야, 강철이는 원 펀치가 없지만 헌즈는 그게 특기거든. 자칫 잘못하면 단박에 경기가 끝난다고."

　"그래도 어쩔 수 없잖아요. 거리를 확보시킬 수도 없는 일이잖습니까?"

　"헌즈와 싸운다는 게 그래서 어려운 거지. 헌즈는 이번 라운드에 욕심을 부렸어. 최강철을 뒤로 물러서게 만들고 단박에 경기를 끝낼 생각이었던 것 같아. 그런데 최강철이 예상외로 뒤로 물러서지 않고 접근전을 펼치니까 당한 거야. 아마, 2라운드부터는 달라질 게 분명해. 이렇게 정면으로 싸우지 않을 거란 말이지."

"그럼요?"

"다시 말하지만 헌즈의 특기는 원거리 공격이야. 그렇기 때문에 뒤로 물러서는 한이 있더라도 거리를 확보하면서 싸우려고 할 거야."

"헌즈가 아웃복싱을 할 거란 말입니까?"

"아웃복싱이 아니라 거리를 확보한다는 뜻이야. 자신의 거리를 확보하기 위해서는 후퇴도 서슴지 않는다는 것이지."

"그럼 강철이가 위험해지지 않을까요. 그걸 깨지 못하면 경기가 힘들어질 수도 있는 거죠?"

"당연하지."

"깰 수 있는 방법은요?"

"그 방법을 알면 헌즈가 이 자리에까지 올라왔겠어?"

다시 중계방송을 시작하라는 정 PD의 사인을 확인하면서 정민철이 한숨을 길게 흘려냈다.

복싱에 종사한 지 20년이 넘었지만 헌즈 같은 괴물은 본 적이 없다.

헌즈는 거리를 확보하는 순간 무적이다.

최강철은 어떤 일이 있어도 물러서지 않아야 되지만 헌즈의 백스텝이 가동되면 경기는 또 다른 국면으로 전환될 게 분명했다.

*   *   *

"잘했다, 강철아. 시간이 조금만 더 있었으면 좋았을 걸 그랬다."

"완벽한 대미지를 받은 건 아닙니다. 펀치의 대부분이 가딩에 걸렸어요."

"그래도 충분해. 아마 지금쯤 정신이 없을 거다."

"저 새끼 진짜 팔이 길군요. 완벽하게 커버링에 들어가니까 때릴 데가 없어요."

"1라운드에서 혼쭐이 났으니 작전 변경이 있을지 몰라."

"예."

"맞은 건 괜찮냐?"

"괜찮습니다. 헌즈의 공격은 거리가 확보되었을 때 위력이 있지 완벽한 접근전에서는 견딜 만해요. 그런데 진짜 라이트 스트레이트는 강합니다. 들어가다가 슬쩍 비껴 맞았는데도 정신이 멍했습니다."

"만약 놈이 전략을 바꾸면 이제부터 진짜야. 정신 바짝 차려!"

"그건 저쪽도 마찬가집니다. 걱정하지 마십시오."

최강철이 고개를 끄덕이며 이성일이 내민 물을 조금 받아 마셨다.

지금까지 싸워오면서 이렇게 지독한 1라운드는 처음이다.

탐색전이고 뭐고 3분 내내 펀치를 갈겨댔는데 잠시도 쉬지 않았기 때문에 라운드 막판에는 호흡이 거칠어질 정도였다.

그럼에도 헌즈보다는 낫다.

헌즈는 마지막 공격을 필사적으로 막는 데는 성공했지만 라운드가 끝났을 때 숨을 헐떡거리기까지 했다.

자신보다 더 지쳤다는 뜻이다.

때앵!

2라운드를 알리는 공이 울리자 최강철은 스툴(Stool: 경기장에서 쓰는 간이 의자)를 밀어내며 벌떡 일어섰다.

그런 후 성큼성큼 맞은편에서 나오는 헌즈를 향해 걸어 나갔다.

쇄액, 쉬익, 쉭, 쉭!

경기가 시작되자 헌즈의 몸에서 레프트 잽이 빛살처럼 날아왔다.

왼쪽 팔을 내린 상태에서 각도조차 무시하고 날리는 플리커 잽은 그 위력이 상당하다.

하지만 더 심장을 움츠려들게 만드는 것은 조금이라도 잽에 적중되었을 때 날아오는 라이트 스트레이트였다.

아무리 혹독한 훈련을 했어도 헌즈의 플리커 잽을 완벽하게 막아낼 수는 없다.

연습 상대보다 헌즈의 레프트 잽이 훨씬 더 빠르고 강력하기 때문이었다.

천부적인 반사 신경을 이용해서 펀치를 흘려냈지만 의외의 각도에서 나온 헌즈의 잽은 최강철의 가딩을 연신 두드렸다.

잽이 적중되면 그때마다 라이트 스트레이트가 날아왔다.

역시 윤성호의 예상이 맞았다.

헌즈는 원거리에서 계속 잽을 던지며 라이트 단발 공격을 해왔는데 얼마나 위력적이었던지 저절로 몸이 긴장될 정도였다.

잽을 피하면 접근할 때마다 헌즈의 백스텝이 가동되었다.

최강철이 잽을 피한 후 접근해 들어가면 헌즈는 이미 뒤로 물러나 전열을 가다듬고 연타를 퍼부어댔다.

강하다, 그리고 빠르다.

접근전에서 퍼붓던 펀치들과는 근본적으로 다른 위력.

헌즈의 펀치는 허공을 찢어발기는 것처럼 파공성을 일으켰는데 위빙과 더킹, 슬리핑과 스웨잉까지 동원했지만 결국 암블로킹까지 사용할 수밖에 없었다.

방어술에서 암 블로킹은 최후의 수단이다.

적의 공격을 무력화시키기 위해서는 펀치에 적중되지 않는 것인데 암 블로킹은 기본 방어술이 전부 돌파되었을 때 최종 방어를 위해 선택하는 것이기 때문에 충격을 받을 수밖에 없다.

더군다나 헌즈의 원거리 공격은 미사일처럼 강력해서 시간이 지날수록 팔이 저려올 정도의 파괴력을 지녔다.

뒤로 물러났다가 정지하며 창처럼 날아오는 헌즈의 펀치.

최강철은 채찍을 휘두르는 것처럼 날아온 스매시까지 신경을 써야 했기 때문에 정신이 하나도 없을 지경이었다.

헌즈는 자신과의 시합에 대비해서 새로운 공격 스타일을 선보였는데 스트레이트와 혹의 중간 경계선에서 날아오는 스매시가 바로 그것이었다.

더불어 초퍼 펀치도 무서웠다.

헌즈같이 키가 큰 선수가 작은 선수에게 내리꽂아 버리는 초퍼 펀치는 망치로 머리를 때리는 것 같은 위력을 발휘했다.

최강철의 선택은 여전히 접근전뿐이었다.

이성일과 제프 카터는 어떤 일이 있어도 물러서면 안 된다는 것을 강조했고 최강철 역시 그것을 확실하게 느끼고 있었다.

하지만 막강한 공격력으로 아예 접근조차 허락하지 않는

헌즈의 방어를 뚫을 방법은 거의 전무한 상태였다.

공격을 뚫고 전진하면 펄쩍 뛰며 뒤로 물러섰고 특유의 크랩 가딩과 숄더 롤로 방어했기 때문에 대미지를 입히는 게 극히 어려웠다.

여기서 이성일이 준비한 전략은 헌즈의 공격을 피하기 위해 당초보다 허리를 더 바짝 숙이는 것과 뛰어오르며 터뜨리는 상방향 스트레이트, 그리고 어퍼컷이었다.

그 옛날 일본의 복싱 영웅 와지마 고이치가 자주 썼던 전법.

누군가는 그걸 개구리 전법이라 부르며 평가 절하 했으나 지금 상황에서는 가장 효율적인 전술이었다.

최강철은 허리를 굽힌 채 계속 접근했다.

2라운드 들어와 공격에 여러 차례 적중당했기 때문에 관중들과 심판들의 눈에는 헌즈가 유리한 것처럼 보였겠지만 최강철의 대미지는 그리 크지 않았다.

이성일의 전략대로 허리를 숙인 채 접근한 것이 주효했다.

헌즈의 플리커 잽은 특별한 반사 신경과 허리를 숙이는 방법을 통해 무력화시켰고 나머지 공격들도 슬리핑과 가딩을 통해 정타는 전부 피했다.

그럼에도 경기는 비세다.

공격이 제대로 들어가지 않는다면 대미지는 피할 수 있어도 결국 끌려가는 경기를 할 수밖에 없을 것이다.

그랬기에 최강철은 비장의 카드를 꺼내 들었다.

바로 스피드다.

대부분의 사람은 스텝이 빠른 선수들이 아웃복싱을 한다는 고정관념에 사로잡혀 있으나 그건 선입견에 불과하다.

지금까지 다른 선수들이 헌즈의 롱 스텝을 따라잡지 못한 건 스텝의 빠르기가 부족했기 때문이란 걸 이성일은 정확하게 간파했다.

라운드 종반까지 원거리에서 날아온 헌즈의 펀치를 피하며 간헐적으로 공격하던 최강철의 신형이 갑자기 휘익 사라졌다.

헌즈가 던진 라이트 스트레이트가 빗나가는 순간 특유의 번개 같은 스피드를 이용해서 최단 거리까지 접근해 들어갔던 것이다.

사람은 상황에 적응하는 특성이 있다. 그리고 헌즈 역시 사람이었기에 2라운드 들어와 자신의 생각대로 경기가 흘러가자 그 거리에 적응한 채 최강철의 펀치에 반응했다.

거리를 깨뜨리는 순간 놀란 헌즈가 미친 듯이 펀치를 날려왔다.

송곳 같은 어퍼컷과 양 훅 보디, 그리고 졸트 펀치가 최강철의 전신을 향해 폭포수처럼 쏟아졌다.

정말 보는 사람으로 하여금 섬뜩한 느낌을 들게 만들 정도로 강력한 공격이었다.

그러나 이미 늦었다.

최강철의 접근을 허용하는 순간 그의 거리는 깨졌고 지금부터는 최강철의 시간이었다.

펀치의 스피드는 최강철 역시 누구에게도 뒤떨어지지 않는다.

더군다나 그가 지니고 있는 콤비네이션 펀치는 당대 제일이라고까지 불리고 있었으니 헌즈라고 해서 두려워할 이유가 없었다.

거리를 뺏은 최강철의 콤비네이션 펀치들이 불을 뿜었다.

한번 시작하자 그의 펀치는 멈출 줄을 몰랐다.

헌즈 역시 거리를 확보하기 위해 안간힘을 쓰면서 펀치를 난사하고 있었지만 지독하게 파고드는 최강철의 스피드를 떼어내지 못했다.

잠시 앉았던 관중들이 다시 일어났다.

1라운드처럼 링의 중앙에서 맞붙은 건 아니었으나 링의 전체를 누비며 서로를 죽이기 위해 펼쳐지는 두 사람의 난전은 관중들의 피를 들끓게 만들기 충분했다.

최강철은 전력으로 달렸다.

헌즈의 롱 스텝을 때려잡기 위해서는 최대의 스피드를 끌어 올리는 방법밖에 없기에 폭발적인 스피드로 달리며 펀치를 난사했다.

안 맞아도 좋다.

오직 너의 잽과 긴팔에서 뻗어 나오는 위력적인 라이트 스트레이트만 봉쇄할 수 있다면 이 경기는 결국 내가 이긴다.

최강철은 크랩 가딩과 숄더 롤로 방어하며 반격을 가해오는 헌즈의 공격을 무시하지 않았다.

거리를 좁혔다 해도 헌즈의 쇼트에 걸려 쓰러진다면 아무런 의미가 없기 때문이었다.

머리가 올올히 곤두섰다.

극도의 긴장감과 흥분이 자신이 지닌 반사 신경을 극한까지 끌어 올렸다.

헌즈의 펀치가 날아오면 정신보다 몸이 먼저 움직였다.

파바바방! 윙, 윙.

이제 문제는 헌즈의 저 패턴 방어를 깨뜨리는 것뿐이다.

이것 역시 이성일이 해결했다.

처음에 스태프에 합류했을 때만 해도 철없는 어린애처럼 어쩔 줄 모르더니 이제 놈은 최고의 전문가로 손색이 없을 정도다.

이성일이 헌즈의 크랩 가딩과 왼쪽 어깨를 이용한 숄터 롤을 깨뜨리기 위해 주문한 것은 바로 레프트 복부 공격과 레프트 더블 훅이었다.

헌즈의 크랩 가딩과 숄더 롤은 전부 오른손잡이의 라이트 공격을 방어하기 위한 것들이었다.

그럼에도 수많은 선수가 그의 방어막을 깨지 못하고 무너졌던 것은 롱 스텝을 감당하지 못했기 때문이다.

하지만 최강철에게는 헌즈의 롱 스텝을 감당할 만한 스피드가 있어 지금 현재도 헌즈를 따라잡고 있는 중이었다.

최강철의 레프트 보디 공격과 더블 훅이 쉴 새 없이 날아가 헌즈를 두들겼다.

전략이 마련되었다고 해서 100% 상대를 쓰러뜨린다는 건 쉬운 일이 아니다.

약점을 지닌 선수는 그 약점을 보완하기 위해 최선을 다하는데 헌즈는 레프트 훅에 노출되는 약점을 완벽에 가까운 슬리핑으로 커버하고 있었다.

이번에도 상황이 변한 것은 경기를 20초 정도 남겼을 때였다.

레프트 보디 공격에 이어진 라이트 훅이 계속 헌즈의 슬리핑에 의해 무산되자 최강철은 그동안 아껴왔던 라이트 스트레이트를 헌즈의 안면을 향해 기습적으로 던졌다.

콰앙!

아마 자신의 숄더 롤을 믿고 레프트 훅만 견제하고 있었기 때문에 맞았을 것이다.

기습이자 급습이다.

최강철이 기습적으로 던진 라이트 스트레이트에 적중된 헌즈가 휘청하며 뒤로 물러섰다.

방어막이 깨지는 건 순간이다.

그리고 그 순간은 영원이 될 수도 있다.

헌즈가 몸을 휘청하며 뒤로 물러서자 최강철은 도망가지 못하도록 퇴로를 차단한 후 무차별적인 폭격을 가했다.

1라운드 종반부와 비슷한 상황.

이해할 수 없다.

최강철의 능력은 도대체 어디까지란 말인가.

                    *   *   *

잠실 야구장의 분위기는 경기가 시작되기 전 긴장감으로 가득 사로잡혀 있었다.

워낙 불리한 경기라는 예상이 지배적이었기에 이번 경기를 대하는 국민들의 심정은 절망과 희망이 공존하며 혼란 속에 빠뜨렸다.

최강철이 텔레비전에까지 나와 강한 자신감을 보였으나 반드시 이길 거란 확신을 하지 못했다.

그만큼 헌즈라는 괴물은 무서운 강자였다.

그러나 경기가 시작된 후 1라운드부터 최강철이 화끈한 공격력으로 헌즈를 몰아붙이자 잠실 야구장은 광란에 빠져들었다.

일방적인 경기를 바라보는 국민들의 시선은 경악과 기쁨이 교차되며 함성과 함께 후끈 달아올랐다.

하지만 2라운드 들어 헌즈가 전략을 바꾸며 상황이 바뀌자 사람들은 또다시 초조해지기 시작했다.

계속 접근하고 있었으나 거리를 확보한 헌즈의 공격에 최강철이 고전하는 게 화면을 통해 흘러나왔기 때문이다.

웬만한 사람들은 다 안다.

이것이 헌즈의 승리 패턴이고 이러한 공격력에 대부분의 선수가 쓰러졌다는 걸 말이다.

손을 잡고 간절히 기도했다.

제발 그런 일이 일어나지 않게 해달라고 사람들은 손을 맞잡은 채 계속해서 주문을 걸었다.

그 주문이 통했을까.

갑자기 중분부터 최강철의 스피드가 헌즈를 따라잡았고 마침내 라운드 종료를 얼마 안 남기고 무차별적인 폭격을 가하자 사람들의 목구멍이 찢어질 것처럼 벌어졌다.

"강철아, 끝내자. 끝내!"

"헌즈는 턱이 약해. 제발 저 새끼 턱 좀 때려!"

"그렇지, 악! 맞으면 안 돼! 피해. 그래, 잘했어. 원투, 원투!"

어른이고 아이고, 남녀노소 상관없이 전부 일어나 주먹을 휘두르며 고함을 지르는 모습은 광신도들의 모습을 보는 것 같았다.

결국 최강철이 라운드를 끝내고 코너로 돌아가는 순간 사람들의 탄식이 흘러나왔다.

좋은 기회를 또다시 놓치자 사람들의 가슴속에 불안감이 불쑥 찾아왔다.

벌써 2번째.

헌즈의 강력한 공격을 볼 때마다 몸이 움찔거렸고 그 펀치들이 최강철에게 적중될 때마다 머리털이 곤두섰다.

무서웠다.

최강철이 그 펀치를 맞고 쓰러지는 상상을 하면 몸서리가 쳐질 정도의 두려움이 가슴 깊은 곳에서 슬금슬금 기어 올라왔다.

그랬기에 최강철이 연속해서 2번이나 기회를 놓치자 사람들은 불안감을 숨기지 못하고 자리에 앉지 못했다.

다시 이런 기회를 잡을 수 있을까?

*   *   *

"어때?"

"역시 쉽지 않아요. 이번에는 기습이었어요. 저놈 정말 방어
가 좋네요."

"그래도 지금까지는 좋다. 저 새끼 들어갈 때 머리를 흔들
었어. 복서가 머리를 흔든다는 건 대미지가 있다는 증거야.
너도 알잖아?"

"두드릴 만큼 두드렸습니다. 하느님도 계속 두들기면 열린다
는 명언을 했잖아요. 그러니까 저놈 방어도 곧 깨질 겁니다."

"거리가 확보된 상태에서는 절대 맞으면 안 돼. 알지?"

"그럼요."

경기 시작 전에는 송장을 치르러 온 사람처럼 긴장했던 윤
성호와 이성일이 미친 듯이 떠들었다.

1, 2라운드를 통해 자신감을 찾았기 때문이다.

워낙 강했고 체격마저 월등하게 차이가 났기 때문에 자신
들도 모르게 두려움에 물들어 있었으나 막상 뚜껑을 열자 최
강철은 괴력을 발휘하며 헌즈를 몰아붙이고 있었다.

정말 대단하다.

벌써 8년 동안 부딪치며 살아왔으나 최강철의 능력은 아직
까지 어디가 끝인지 알 수 없다.

헌즈가 괴물이라면 최강철은 악마나 다름없는 놈이었다.

최강철의 대답에 윤성호가 고개를 끄덕이며 물병을 들어

올리자 이성일의 입이 다시 열렸다.

"강철아, 저 새끼 네가 계속해서 복부와 얼굴을 노리니까 대가리를 뒤로 눕힌다. 레프트 훅을 몇 번 때리다가 스트레이트로 바꿔봐. 효과가 있을 것 같아."

"좋은 생각이네."

"어퍼컷 조심해야 돼. 절대 어퍼는 맞으면 안 된단 말이다. 그걸 맞기 시작하면 경기 흐름이 바뀔 수 있어!"

"알았어."

최강철이 빙그레 웃으며 일어섰다.

정신없이 싸우는 자는 사고가 마비된다.

그것도 최강의 상대와 싸우다 보면 본능에 몸을 맡기기 때문에 다른 생각을 할 여지가 없어진다.

윤성호와 이성일이 옆에 있어주는 게 그래서 필요했다.

이들은 싸우고 돌아온 자신에게 상대에 대한 정보와 날카로운 눈으로 전략을 수정시켜 주었는데 그것이 승패를 가르는 경우가 많았다.

            *   *   *

"정 위원님, 2라운드에서 최강철 선수가 우세했습니다. 공이 헌즈 선수를 살렸는데 2라운드 어떻게 보셨습니까?"

"외형상으로는 접근전을 펼친 최강철 선수의 우세로 보일 겁니다. 경기 막판에는 클린히트까지 터뜨리며 일방적으로 몰아붙였으니 더욱 그런 생각이 들죠. 하지만 심판들이 어떻게 평가했을지는 모르겠습니다."

"그건 무슨 말씀이시죠?"

"사실 2라운드는 중반까지 헌즈 선수가 유리했거든요. 중반전에도 펀치를 적중시켰지만 최강철 선수도 여러 번 당했어요. 그랬기 때문에 누가 유리하다고 단적으로 말하기는 어렵습니다."

"그래도 최강철 선수가 헌즈 선수의 거리는 깨뜨렸잖습니까?"

"그건 상당히 고무적인 일입니다. 최강철 선수가 워낙 빠른 스피드를 가졌기에 가능한 일이었어요. 문제는 헌즈의 방어력을 무너뜨리는 겁니다."

"2라운드에서 헌즈 선수가 보여준 펀치들은 그동안 수많은 선수를 쓰러뜨린 강력한 펀치들이었습니다. 그러나 최강철 선수는 그 펀치들을 대부분 피했죠?"

"최강철 선수가 선전을 펼칠 수 있는 이유가 바로 그것입니다. 최강철 선수의 방어력은 정말 대단합니다. 헌즈가 펼치는 펀치들을 흘려내며 반격하는 기술들이 완벽에 가깝습니다. 지금까지 최강철 선수는 아마추어를 포함해서 프로 데뷔 후

25전을 싸우는 동안 한 번도 다운을 당한 적이 없어요. 거기에 맷집도 상당한 수준이라고 판단됩니다. 헌즈와 같은 강편처의 공격을 여러 차례 허용했지만 잘 견뎌내고 있잖습니까?"

"맞는 말씀입니다. 아… 최강철 선수 자리에서 일어났습니다! 3라운드가 시작됩니다. 긴장되는 순간, 최강철 선수 2라운드에서의 여세를 몰아 3라운드에서도 잘 싸워주기를 바랍니다!"

김영국이 공이 울리는 순간 자리에서 벌떡 일어나며 목소리를 높였다.

옆에서는 50대 중반의 정민철이 따라 일어서고 있었는데 아직까지 생생한 걸 보면 자신보다 더 체력이 좋은 것 같았다.

*   *   *

최강철은 코너에서 걸어 나오는 헌즈의 몸을 유심하게 살폈다.

분노로 가득 찬 눈은 여전히 번들거렸고 땀에 젖은 검은 육체는 철갑처럼 단단해 보였다.

그럼에도 최강철은 레프리가 경기를 시작하라는 신호를 보내자마자 거침없이 헌즈를 향해 다가갔다.

선공.

여전히 선공은 헌즈의 몫이었다.

헌즈는 최강철이 다가오는 순간 플리커 잽에 이은 라이트 스트레이트, 그리고 좌우 복부 공격을 연사시켰다가 마지막 순간 어퍼컷을 날려왔다.

최강철이 그의 강력한 선제공격을 뚫고 전진해 들어왔기 때문이다.

위잉!

돌고래처럼 솟구쳐 올라오는 어퍼컷의 위력은 강력함을 넘어 두려울 정도다.

더군다나 허리를 굽힌 채 자세를 낮췄기 때문에 어퍼컷에 취약점을 가지고 있어 맞으면 단방에 치명적인 대미지를 받을 수 있었다.

헌즈가 3라운드에 들어와 접근하는 최강철을 향해 좌우 어퍼컷을 난사하고 있는 건 최강철의 다운 스탠스를 깨뜨리기 위함이었다.

하지만 모든 것에는 기회와 위험이 공존한다.

헌즈의 어퍼컷이 나오는 순간 최강철의 라이트 훅이 교차되듯 그의 턱을 노렸다.

같이 때리고 맞으면 누가 이득일까?

최강철이 계속해서 생각한 것은 헌즈의 방어막을 깨뜨리기 위해 살을 내주고 뼈를 취하는 타이밍을 잡는 것이었다.

크로스 카운터.

위험하다. 그러나 충분히 결행할 이유가 있었다.

헌즈의 라이트 어퍼컷이 나오는 순간 빠져나간 최강철의 레프트 훅이 정확하게 턱에 걸렸다.

물론 최강철의 피해도 상당했다.

헌즈의 어퍼컷에 정통으로 맞는 순간 정신이 반쯤 나갈 정도의 충격을 입었다.

그럼에도 물러선 건 헌즈였다.

헌즈는 최강철의 레프트 훅에 걸린 뒤 비틀거리며 뒤로 물러서고 있었다.

얼굴 어디를 맞아도 정신이 반쯤 나간다.

얼굴 전체는 뇌와 직접적으로 연결되어 있어 일시에 사고를 정지시켜 버리기 때문이다.

뇌가 마비된다는 것은 뇌의 명령을 받은 신체의 마비로 이어진다.

최강철은 자신의 다리가 허공에 붕 뜨는 충격을 받았으나 이를 악물고 뒤로 빠지는 헌즈를 추격했다.

헌즈의 상태는 자신보다 더 나쁘다는 확신이 들었다.

비틀거리며 뒤로 물러섰던 헌즈가 급하게 따라붙은 최강철을 향해 라이트 스트레이트를 던지며 반격을 가해왔다.

멈추지 않는다.

슬리핑으로 스트레이트를 피한 후 헌즈의 몸통을 들이박았다.

최강철이 선택한 것은 초근접전이었다.

머리를 맞대고 싸운다.

충격으로 인해 다리의 움직임이 둔해진 헌즈를 때려잡는건 근접전이 최선의 선택이었다.

도망가지 못하도록 포프에 묶어놓고 폭발적인 양 훅을 휘둘렀다.

근접 거리에서는 자신이 유리하다.

팔이 길다는 것은 회전 반경이 크다는 걸 의미했고 헌즈의 팔은 약점이 노출될 만큼 충분히 길었다.

쓸 수 있는 모든 카드를 꺼내들었다.

헌즈가 자신의 레프트 훅을 계속해서 슬리핑으로 피하자 이성일이 말한 대로 급작스럽게 더블 스트레이트를 날렸다.

쐐액!

나중에 시합이 끝나면 이성일을 한번 안아줘야겠다.

계속해서 훅을 때리다가 갑작스럽게 스트레이트를 날리자 헌즈의 머리가 피하지 못하고 덜컥 뒤로 밀려나는 게 보였다.

그 순간을 이용해서 거리를 잡은 채 모든 콤비네이션 펀치를 작렬시켰다.

그에게는 최적의 거리였지만 헌즈에게는 여전히 근접된 거리였다.

점점 반격하는 횟수가 줄어들며 헌즈가 로프를 타고 뒤쪽으로 도망가기 시작했다.

본능적으로 오른쪽으로 달아났으나 이번에는 최강철의 레프트 훅이 그의 턱을 붙잡았다.

다리가 움직일 때도 슬리핑이 가능하다.

하지만 사이드스텝, 그것도 오른쪽으로 도는 과정에서는 아무리 운동신경이 뛰어나도 레프트 훅을 막는 건 극히 어려운 일이다.

콰앙!

정확하게 턱을 얻어맞은 헌즈가 도망가던 자세 그대로 엉덩방아를 찧으며 그대로 캔버스에 나뒹굴었다.

달아오른 흥분을 가라앉히지 못한 최강철이 앞으로 전진하자 레프리가 달려와 끌어당기며 코너로 가라고 소리쳤다.

다운을 시켰지만 주먹에서 울리는 감각이 만족스럽지 않았다.

모든 운동이 마찬가지겠지만 스윙에는 손맛이라는 게 있는데, 정확하게 임팩트 되었을 때 느끼는 손맛은 쾌감을 느낄 정도로 산뜻하나 그렇지 않을 경우는 지금처럼 주먹이 은은하게 울리면서 찜찜함이 찾아온다.

바닥을 굴렀던 헌즈가 양손을 짚으며 캔버스에서 일어나는 게 보였다.

역시 정타로 들어가지 않았기 때문인지 펀치 드렁크에 들어가지 않은 모습이었다.

레프리가 카운터를 센 후 다시 경기를 시작하라는 사인을 보이자 최강철은 바람처럼 달려 나갔다.

펀치 드렁크 상태는 아니었지만 충격을 받은 건 사실이었으니 여기서 끝장을 보고 싶었다.

관중들의 비명 소리가 마치 꿈결처럼 들려왔다.

그들은 자신의 공격으로 인해 헌즈가 다운을 당하자 이젠 함성에서 더 나아가 비명을 질러대고 있었다.

위기에서 벗어나기 위해선지 헌즈는 반격조차 포기하고 도망가느라 여념이 없었다.

하아, 정말 롱 다리다.

반격을 생략하고 무조건 도망치자 펀치를 내기가 쉽지 않았다.

100m 달리기 시합이었다면 어떻게든 해봤겠지만 이건 복싱이었지 경주가 아니었다.

그럼에도 최강철은 여유를 갖고 듀란과 허니건이 자신에게 썼던 팬케이크 스텝을 사용해서 방향을 제어했다.

링은 좁다.

누군가는 사각의 링을 약자에게 지옥이라 표현했다.

한정된 공간에서 싸워야 하기 때문에 약자는 도망갈 공간이 제약될 수밖에 없다는 사실이 그런 말을 만들어낸 게 분명하다.

헌즈는 겅중거리며 그 긴 다리로 도망가기 위해 몸부림을 쳤으나 팬케이크 스텝을 완벽하게 피하지 못했다.

다시 헌즈를 잡은 최강철은 미친놈처럼 반격을 가해오는 헌즈의 펀치를 지금까지와 다른 커팅과 암 블로킹으로 막았다.

위빙과 더킹, 스웨잉을 쓰지 않은 이유는 헌즈를 조금도 쉬지 못하게 만들기 위함이었다.

헐떡거리는 헌즈의 숨소리가 이제 귀로 들을 수 있을 정도로 커졌고 분노를 가득 담았던 눈은 당황함으로 물들어 냉정함이 반쯤 사라진 상태였다.

헌즈, 나를 향한 너의 분노는 어디 갔느냐!

위대한 영웅, 그 영웅이란 칭호는 한여름 밤의 꿈처럼 허망한 거야.

너도, 나도, 우리 모두에게 다 마찬가지지.

최강철은 이제 뒤를 돌아보지 않았다.

그렇게 강철 같았던 헌즈의 상체는 그가 몸통으로 밀어내자 휘청거리며 밀리고 있었다.

이미 그는 크랩 가딩을 포기하고 쓰러지지 않기 위해 안간힘을 쓰면서 턱을 보호하고 있는 중이었다.

최강철의 펀치 샤워를 겪어보지 못했기 때문에 한 행동이다.

링 줄에 매달린 헌즈의 몸은 거미줄에 걸린 나방처럼 가여웠다.

큰 키를 가진 헌즈가 로프에 매달리자 관중들의 비명 소리는 괴성으로 변했고 경기장은 온통 그들이 내지른 괴성으로 인해 마비가 되어버렸다.

전 세계의 중계진들도 마찬가지였다.

관중들로부터 거대한 함성이 끊이지 않았기에 그들은 중계방송을 하면서 소리를 바락바락 질러댈 수밖에 없었다.

최강철은 로프에 묶인 헌즈의 몸을 철저히 유린했다.

철통처럼 얼굴을 방어하는 상대에게 특효약은 복부 공격과 펀치가 나오는 순간 크로스 카운터를 터뜨리는 것이다.

크랩 가딩을 쓰는 자들은 복부가 약하다는 약점을 대부분 가지고 있었다.

이것을 쓰는 자들의 특성이 그렇고 헌즈 역시 그 범주에서 벗어나지 못했다.

최강철은 미친 듯이 헌즈의 복부를 향해 펀치를 갈겨댔다.

하지만 조금이라도 안면이 노출되면 곧바로 안면을 향해 펀치가 올라갔다.

펀치에 몰린 상태에서도 전세를 역전시키기 위해 안간힘을 쓰며 펀치를 내고 있었으나 그것이 헌즈를 지옥으로 이끌었다.

펀치를 낼 때마다 기다렸다는 듯 최강철의 펀치가 그의 안면을 훑었기 때문이다.

로프에 묶인 지 불과 30초 만에 헌즈의 몸이 비틀거리기 시작했다.

최강철의 펀치는 잠시도 쉬지 않았다.

복싱은 때리는 자도 지치지만 맞는 선수도 지친다.

그 원인은 충격을 받는 순간 회복을 위해 신체의 전 기관이 맹렬하게 칼로리를 소모하기 때문이다.

최강철은 조금씩 거리를 늘려 나가며 자신의 거리를 완벽하게 확보한 후 비틀거리는 헌즈의 안면에 펀치를 집중시켰다.

이미 복부에 많은 펀치를 맞았기 때문인지 그의 가딩이 벌어진 게 눈으로 들어왔기 때문이다.

점점 벌어진다.

펀치가 가드를 뚫고 안면에 적중될 때마다 헌즈의 몸은 더 흔들거렸고 가드의 틈도 넓어졌다.

헌즈, 이만 가라.

벌어진 가드의 틈을 향해 최강철의 송곳 같은 라이트 스트레이트가 파고들었다.

헌즈의 머리를 직격하는 통렬한 일격이었다.

머리가 덜컥 뒤로 밀렸다가 앞으로 튀어나오는 순간, 최강철의 토네이도 양 훅이 순식간에 그의 턱을 갈기고 빠져나왔다.

쿠웅!

모든 게 끝났다.

양 훅이 헌즈의 턱을 정확하게 가격한 순간, 최강철은 뒤로 물러서며 그대로 캔버스를 향해 쓰러지는 헌즈의 모습을 지켜보았다.

레프리는 헌즈가 쓰러지는 장면을 보면서 카운터 대신 급하게 링 닥터를 부르며 머리를 일으켜 세우고 있었다.

최강철은 손을 번쩍 치켜든 채 아직도 정신을 차리지 못하는 헌즈를 향해 다가갔다.

미안, 헌즈.

지금에서야 말하지만 당신은 정말 대단했다.

이렇게 힘들었던 경기는 처음이었어.

내가 경기를 하다가 죽을 수도 있겠다는 생각까지 하도록 만들었으니 당신은 전설로 남기에 충분한 사람이야.

이런 경기를 할 수 있도록 해줘서 정말 고마워.

진심으로 존경한다, 헌즈!

제43장
그를 부르다, 전설의 그를 I

"악! 서로 때리고 맞았습니다. 충격이 큰 것 같습니다. 하지만 헌즈 선수의 충격이 더 큽니다. 돌진하는 최강철, 기회를 잡았습니다. 원투, 최강철 선수의 공격이 시작되었습니다! 뒤로 도망가는 헌즈. 레프트 훅! 헌즈, 다운입니다, 다운! 헌즈 선수가 최강철 선수의 레프트 훅에 다운을 당했습니다. 이게 웬일입니까, 이게 웬일입니까! 국민 여러분, 최강철 선수가 헌즈를 다운시켰습니다!"

"다시 일어나는군요! 조금 빗맞았어요. 아쉽습니다. 그러나 충격은 받은 것 같아요. 이 기회를 놓치면 안 됩니다."

"헌즈, 카운터 8에 일어났습니다! 경기 다시 시작되었습니다. 최강철 선수, 무섭습니다. 엄청난 포격. 헌즈 선수 이제 도망가지 못합니다. 치고받은 두 선수. 최강철 선수의 안면에 헌즈의 라이트 훅이 들어갔습니다! 위험합니다. 조심해야 됩니다. 이때 최강철 선수의 복부 공격. 복부를 집중적으로 두드립니다. 헌즈 선수의 크랩 가드가 흔들립니다. 정확히 들어갔습니다. 흔들리는 헌즈, 최강철 이번에는 헌즈 선수의 안면을 향해 무차별적인 펀치를 쏟아붓고 있습니다. 헌즈, 위험합니다. 움직이지 못하고 로프에 기대 있습니다. 그로기에 몰린 것 같습니다. 최강철의 라이트 스트레이트! 악! 맞았습니다. 헌즈 위험합니다! 번개 같은 최강철의 양 훅. 헌즈, 쓰러졌습니다! 정신을 잃었습니다! 고국에 계신 국민 여러분 최강철 선수가 헌즈를 무너뜨렸습니다! 만세! 만셉니다. 국민 여러분 보이십니까! 최강철 선수가 두 손을 번쩍 치켜들고 있습니다! 자랑스러운 모습입니다. 전율적인 장면입니다! 번개 같은 펀치가 순식간에 헌즈의 턱을 통타해서 기절을 시켜 버렸습니다. 지금 관중들은 전부 일어서서 허리케인을 연호하고 있습니다. 믿기십니까? 최강철 선수는 국민 여러분께 약속했던 것처럼 불굴의 투지로 복싱 영웅 토머스 헌즈를 무너뜨렸습니다! 저 모습을 보십시오. 정말 당당한 모습입니다. 아, 심판이 최강철 선수의 손을 들어주고 있습니다. 승리를 확정 짓는 심판의 표정

역시 놀라움으로 가득 차 있습니다. 기적적인 승리입니다! 화면으로는 보이지 않겠지만 지금 이곳 시저 팰리스호텔 특설링에서 중계방송하고 있는 전 세계의 중계진들이 전부 자리를 박차고 일어나 흥분하고 있는 상탭니다."

김영국은 두 팔을 번쩍 든 채 떠들고 있었는데 한쪽에는 마이크를 들고 있었기 때문에 자세가 무척 불편해 보였다.

그러나 그는 그런 것은 전혀 신경조차 쓰지 않은 채 악을 써댔다.

국민들에게 이 기쁨을 생생하게 중계해 줘야 한다는 의무감도 있었지만 스스로도 감격을 숨기지 못하는 모습이었다.

중계석 앞에 서 있던 방송 스태프들도 전부 펄쩍펄쩍 뛰었는데 한국 기자들은 본업조차 잊고 서로를 끌어안은 채 기쁨을 나누느라 사진 찍는 것조차 잊어버리고 있었다.

"정 위원님, 저기 저것이죠. 저 양 혹이 피니시 블로였죠?"

"그렇습니다. 피니쉬 블로는 저 양 혹이었습니다. 하지만 그 이전에 들어간 라이트 스트레이트에서 이미 승부는 끝났다고 봐야 합니다."

"최강철 선수는 불가능을 극복하고 슈퍼 웰터급 챔피언에 올랐습니다! 정말 엄청난 경기였습니다. 헌즈의 무시무시한 공격을 전부 받아냈고 끝끝내 KO승을 거둔 최강철 선수에게 경의를 표합니다. 이로써 최강철 선수는 26전 전승 KO승을 이어나가는 경이적인 기록을 세웠습니다. 허리케인, 최강철! 오늘 그가 보여준 경기력은 그의 애칭처럼 태풍 같은 것이었습니다. 저는 너무 자랑스럽고 감격스러워 목이 메어옵니다. 대한민국에 최강철 선수가 있다는 게 너무나 행복하고 자랑스럽습니다!"

"이제 최강철 선수는 전 세계 복싱 선수들의 우상이 되었습니다. 오늘 경기는 금세기 최고의 명승부였습니다. 비록 헌즈 선수가 KO패를 당했지만 2라운드에서 두 선수가 벌인 경기는 복싱 역사에 길이 남을 정도로 훌륭한 명승부였습니다!"

*   *   *

윤문호 교수는 아들들과 함께 거실에 앉아 텔레비전 화면에 시선을 고정시킨 채 꼼짝하지 못했다.

오늘은 아침부터 배탈이 나서 학교에 가지 못하고 집에서 중계방송을 보는 중이었다.

집에는 막내아들이 합동 응원을 하겠다고 나갔기 때문에 큰아들과 둘째만 남아 있었다.

그들 역시 불안함과 초조한 모습으로 3라운드를 기다렸다.

무서웠다.

헌즈가 던지는 펀치들은 얼마나 강력한 위력을 가졌는지

거실에 앉아 있는 그들의 몸까지 움찔거리게 만들 정도였다.

저런 펀치를 직접 맞고 있는 최강철의 지금 심정은 어떨까?

3라운드가 시작되고 치열한 공방전이 벌어질 때 윤 교수와 아들들은 서로의 손을 꼭 잡은 채 바락바락 소리를 질러댔다.

간절한 바람, 승리를 위한 열망이 담긴 외침이었다.

드디어 최강철의 라이트 훅이 헌즈를 쓰러뜨렸을 때 제일 먼저 벌떡 일어선 사람은 윤문호 교수였다.

그는 노구에도 불구하고 헌즈가 다운되자 벌떡 일어나 두 팔을 치켜든 채 아내를 끌어안고 펄쩍펄쩍 뛰었다.

경기가 계속 진행되고 최강철의 무지막지한 공격에 기어코 헌즈가 캔버스에 쓰러져 일어나지 못하자 윤문호 교수는 더이상 움직이지 않았다.

화면을 가득 채운 채 두 팔을 들어 올리고 당당하게 걷고 있는 최강철의 모습을 보자 눈물이 주르륵 흘러나왔기 때문이다.

아들들은 최강철이 KO승을 거두는 순간 집안을 뛰어다니며 만세를 불렀는데 꼭 미친놈들 같았다.

"이겼다, 만세! 이겼다!"

거실을 달리던 두 아들이 뛰어와 윤문호 교수를 끌어안고 기쁨을 나눴다.

최강철이 헌즈를 쓰러뜨리는 순간 아파트 단지 전체가 흔들거렸다.

모든 사람이 그들 가족처럼 동시에 뛰어올라 광란의 기쁨을 터뜨렸기 때문이다.

한두 번 있었던 일이 아니었기에 이젠 최강철의 경기가 있는 날이면 당연히 벌어지는 현상이었다.

윤문호 교수는 자신을 안고 있는 아들들의 등을 두드리며 눈물을 멈추지 못했다.

왜 그런지 모른다. 왜 이렇게 감격스러운지…….

"아버지, 왜 우세요? 이렇게 좋은 날, 울지 마세요."

"그래, 그런데 이상하게 눈물이 멈추지 않는구나. 저놈이 마지막으로 인사를 하고 떠날 때의 눈이 자꾸 생각나."

그랬다, 정말 그랬다.

최강철은 미국으로 떠나기 전 그에게 인사를 왔는데 차분하게 가라앉은 눈으로 최선을 다하겠다는 말을 남기며 떠났다.

오랫동안 그 눈을 잊을 수가 없었다.

저 친구는 과연 어떤 사람일까.

최강철의 나이 이제 스물여덟.

자신의 큰아들보다 오히려 3살이 적었으니 새파랗게 젊은 나이였다.

그럼에도 최강철의 눈은 이해하지 못할 정도의 깊이가 담겨 있었다.

결코 지식으로 인해 만들어진 눈이 아니다.

세상을 살아가는 지혜와 경험이 없다면 절대 만들어질 수 없는 눈이었다.

그리고 그 눈을 볼 때마다 마치 친구를 만난 것처럼 편안해서 점점 그가 자신의 제자라는 사실을 잊어버리곤 했다.

학생회관에 모여 있던 서울대 학생들은 최강철이 KO승을 거두는 순간 전부 만세를 부르며 서로를 끌어안고 기쁨을 나눴다.

이제 학생회관뿐만 아니라 서울대 곳곳에 응원 장소가 마련되었기 때문에 헌즈가 쓰러지는 순간 학생들의 함성이 서울대 전체를 울릴 정도로 커다랗게 터져 나왔다.

열렬한 최강철의 추종자 김철중과 일당들은 최강철이 헌즈를 KO시키는 순간 펄쩍펄쩍 뛰다가 균형을 잃은 채 서로를 끌어안고 뒤로 넘어졌다.

학생회관의 바닥은 깨끗하지 않았으나 그들은 그런 것에 신경 쓰지 않고 바닥을 뒹굴며 승리를 마음껏 축하했다.

얼마나 시간이 지났을까.

뒤늦게 바닥에서 일어난 세 놈의 시선이 다시 텔레비전 화면으로 향했다.

잔뜩 흥분한 목소리로 아나운서와 해설자가 이번 경기의 하이라이트를 다시 보여주고 있었기 때문이다.

"난 저거 맞을 때 오금이 다 저렸어. 얼마나 놀랐는지 오줌까지 찔끔 쌌다."

"오늘 강철 선배도 많이 맞았어. 한동안 자리에서 일어나지 못할 수도 있을 거야."

"세상에 저런 펀치를 맞고 어떻게 견디지? 난 저 펀치를 맞으면 벌써 죽었을 거다."

"저거 봐. 저 칼 같은 크로스 카운터. 저기서 저런 펀치를 꺼내 든다는 게 말이 된다고 생각해?"

"그러게 말이야."

"저게 컸어. 비록 정확하게 맞은 건 아니었지만 저 펀치로 다운을 시키면서 강철 선배가 승기를 잡은 거야."

세 놈이 침을 튀겨가며 관전평을 이어나갔다.

아직도 흥분을 가라앉히지 못했기 때문에 그들의 목소리는 허공을 붕붕 날아다니고 있었다.

학생회관 전체가 학생들의 목소리 때문에 대화가 힘들었으니 당연한 일이기도 했다.

시합이 끝났어도 학생들은 움직일 생각을 하지 않고 있었다.

그들은 기다리고 있었다.

자신들의 영웅, 최강철의 인터뷰를 말이다.

*   *   *

윤성호는 최강철이 헌즈를 다운시키는 순간부터 아무 말도 하지 못했다.

그동안 시합 내내 소리를 질러대고 있었으나 자신의 목소리가 들리지 않을 거란 걸 알면서도 참을 수가 없었다.

경기장은 관중들이 내지르는 함성으로 인해 옆에서 바락바락 소리 지르고 있는 이성일의 고함조차 들리지 않을 정도였다.

가슴이 터질 것 같은 긴장감과 흥분.

천하의 헌즈를 맞아 불같은 투혼으로 맞짱 뜨고 있는 최강철을 보면서 기적이 연출되기를 한없이 기도했다.

얼마나 말렸던가.

최강철이 헌즈와 싸우겠다는 소리를 했을 때 그는 삼 일 동안 밥조차 먹지 않으면서 말렸다.

협박도 했고 달래기도 했다.

모든 사람의 생각처럼 그의 생각도 마찬가지였다.

결코 헌즈를 이겨야만 최강철이 영웅으로서의 자격을 가졌다고 생각하지 않는다.

돈이 문제가 아니었다.

왜 꽃길을 두고 가시밭길을 걸어가야 한단 말인가.

아니다, 헌즈와의 대결은 가시밭길 정도가 아니라 죽음 속으로 걸어가는 지옥의 문턱을 넘어서는 거라고 생각했다.

하지만 최강철의 고집은 말릴 수가 없었다.

결정적으로 마음을 다잡은 건 최강철이 그에게 했던 말 때문이었다.

"관장님, 관장님과 저, 그리고 성일이는 챔피언의 꿈을 가진 채 머나먼 미국에서 오랜 세월을 보냈어요. 그리고 우리는 그 꿈을 이루었습니다. 관장님, 우린 사나이들이잖습니까. 꿈을 이루었다고 안주한다는 건 우리 체질에 맞지 않아요. 인생에서 가장 아름다운 건 도전입니다. 관장님, 두렵습니까? 저는 하나도 두렵지 않습니다. 지고 이기는 건 하늘의 뜻이 아니라 우리, 바로 우리 자신에게 달려 있는 겁니다. 생각해 보세요. 웰터급 통합 챔피언 허리케인 최강철이 헌즈가 두려워 시합을 포기한다면 얼마나 쪽팔린 일입니까. 아마 관장님도 저도, 성일이도, 죽을 때까지 그 사실을 생각하며 후회하고 부끄러워할 겁니다. 우리 그렇게는 되지 맙시다."

그렇다.

자신의 생각은 영광스러운 현실 앞에서 안주하고 싶은 마음 때문에 어느새 만들어진 비겁함이 이유였다.

그랬기에 돈 킹이 적극적으로 말렸을 때 가차 없이 최강철의 편을 들었다.

남자는 단 한 번만 죽는다.

쪽팔림 속에서 정신이 죽은 상태로 살아가는 것은 살아도 사는 게 아니다.

윤성호는 훈련을 하면서 더 이상 시합에 관한 이야기를 하지 않았다.

한 번 동의한 이상 후회하지 않을 생각이었다.

오랫동안 복싱 세계에 몸을 담아왔지만 최강철 같은 놈은 처음이었다.

그도 어느 정도 알고 있었다.

아내인 황인혜는 자세하게 말은 하지 않았지만 최강철이 기업에 투자하면서 천문학적인 돈을 벌고 있다는 사실을 귀띔해 주었다.

그럼에도 놈은 웰터급 통합 챔피언으로서 매 경기마다 엄청난 파이트머니를 받는다.

그런 최강철이 23평짜리 전세를 살고 있는 것도 이해되지 않는 일이지만 그의 성실함은 더더욱 이해가지 않는 일이었다.

이제 막 복싱을 시작한 놈도 그런 지독한 훈련을 감당하지 못한다.

아무리 강한 상대라 해도 최강철이 지닌 지위라면 조금의 나태함 정도는 가질 수 있었으나 그는 시합이 결정되면 언제나 전력을 다해 훈련을 했다.

다운당했다가 일어난 헌즈를 무차별적으로 폭격하는 최강철을 보면서 윤성호는 두 주먹을 불끈 쥔 채 눈물을 흘리기 시작했다.

'최강철, 이 새끼야. 이 미친 새끼야!'

오랜 경험으로 이미 경기가 끝났다는 것을 직감했다.

그로기에서 헤매는 헌즈가 최강철에게 역전 펀치를 날리는 건 불가능한 일이었다.

그가 8년 동안 봐온 최강철은 이런 순간에서도 차가운 이성을 지닌 채 모든 상황을 염두에 두고 공격을 하기 때문이다.

링 위의 포식자이자 공포스러운 존재로 변하는 게 바로 최강철이다.

그는 언제나 상대가 쓰러질 때까지 차가운 이성을 잃은 적이 없었다.

드디어 로프에 걸려 있던 헌즈가 최강철의 번개 같은 양 훅을 맞고 실신하는 순간 흘러내리던 눈물이 폭포처럼 변했다.

"강철아, 이 새끼야!"

미친 듯이 뛰어 들어가 최강철을 끌어안았다.

너무 기쁘니까 웃음도 나오지 않았다.

"왜 울고 그래요. 남자가!"

관중들의 함성 때문에 목소리는 들리지 않았으나 빙그레 자신을 마주 끌어안는 최강철의 입에서 나온 이야기는 정확하게 알 수 있었다.

이 자식은 입만 열면 남자 타령이야.

인마, 지금은 울어도 돼. 그리고 난 쪽팔리지도 않아.

너무 기뻐서 난 지금 졸도할 지경이란 말이다.

"관장님! 비켜봐요. 이 자식, 지금 이렇게 있으면 안 된다고요!"

최강철을 붙잡고 사랑하는 여인처럼 끌어안고 있을 때 이성일이 다가와 그를 밀쳐냈다.

그러고는 대가리를 최강철의 가랑이 사이로 밀어 넣었다.

최강철은 순순히 이성일의 대가리를 받아들였다.

이놈이 얼마나 이 짓을 하고 싶었는지 너무나 잘 알고 있었기에 딱딱한 대가리를 가랑이에 끼우고 링을 돌았다.

링에서 싸운 것은 자신이었지만 이성일은 링 사이드에서 자신보다 훨씬 커다란 긴장감과 두려움으로 싸웠을 것이다.

이런 게 행복이다.

자신을 위해 울어준 윤성호와 지금 대가리를 자신의 가랑이에 넣은 채 미친놈처럼 링을 뛰어다니는 이성일이 있기에 자신은 너무나 행복했다.

그리고 이 여자.

링 사이드에서 자신을 부르고 있는 서지영.

바보처럼 그녀도 울고 있었다.

왜 전부 이렇게 좋은 날 울고 있는 것일까.

이성일의 귀를 잡아당겨 캔버스에 내려선 후 서지영에게 다가가 키스를 해주었다.

"지영 씨, 밑에서 조금만 기다려. 곧 끝내고 내려갈게."

"응."

서지영을 자리로 돌아가게 만든 후 최강철은 반대쪽 코너에 앉아 있는 헌즈를 향해 걸어갔다.

그런 후 정중하게 고개를 숙여 그를 향해 인사를 했다.

"훌륭한 경기였습니다. 그동안 제가 저지른 무례를 용서해 주십시오."

"허리케인, 오히려 내가 미안하다. 너 같은 선수를 몰라보고 자만을 했으니 내가 진 게 당연해. 너한테 부탁이 있다."

"말씀하십시오."

"기회를 다오. 다시 한번 너와 싸우고 싶다."

"그러십시오. 하지만 순서를 기다리셔야 될 것 같습니다. 아직 제가 싸워야 할 상대들이 많이 남았거든요."

"알았다. 기다리겠다."

"감사합니다."

최강철이 손을 내밀자 헌즈가 손을 들어 그의 손을 잡아주었다.

적의가 없다.

그리고 상대의 승리를 축하해 주는 따뜻함이 그의 손에 담겨 있었다.

이래서 최고의 선수구나. 이래서…….

슈퍼 웰터급 챔피언 벨트를 허리에 두른 후 윤성호, 이성일과 함께 사진을 찍었다.

두 사람은 언제 그랬냐는 듯 자신만만한 표정으로 최강철의 타이틀 획득에 대한 기쁨을 마음껏 표현하고 있었다.

수많은 사람의 축하를 받았다.

특히 돈 킹은 그 뚱뚱한 몸으로 다가와 끌어안았는데 얼마나 힘을 줬는지 숨을 쉬기 어려울 정도였다.

"허리케인, 네가 있어서 난 정말 행복하다. 너는 금세기 최고의 복서다."

그의 표정에서 진심이란 게 느껴졌다.

내가 금세기 최고의 복서라고?

아닙니다, 아직은 아닙니다.

속으로는 그렇게 생각했지만 그의 말을 부정하지는 않았다.

이런 자리에서 그의 기쁨을 훼손시키는 건 말도 안 되는 짓이다.

최강철은 사람들의 축하 인사가 끝나자 챔피언 벨트를 허리에 차고 링 사이드를 돌며 관중들에게 다시 감사의 인사를 했다.

관중들은 거의 대부분이 남아 있었다.

마지막 행사.

관중들은 최강철이 경기가 끝날 때마다 터뜨렸던 폭탄선언을 기다리고 있었던 것이다.

드디어 링 아나운서가 다가와 옆에 서자 관중들의 입에서 또다시 함성이 터져 나왔다.

최강철로 인해 새로 생겨난 문화다.

대부분의 관중은 시합이 끝나면 자리를 뜨기 위해 급하게 움직인다.

빨리 나가야 차를 빼내는 데 유리했고 경기장을 빠져나가는 혼잡을 피할 수 있기 때문이다.

하지만 최강철의 시합만큼은 예외였다.

"허리케인, 승리를 축하합니다."

"감사합니다."

"불과 3라운드의 짧은 시합이었지만 모든 관중이 만족할 만한 경기였습니다. 양 선수가 지닌 역량을 모두 쏟아부은 경기라고 생각됩니다. 헌즈 선수에 대해서 한 말씀 해주시겠습니까?"

"헌즈 선수는 비록 패배했지만 복싱 영웅으로서 조금의 손색도 없는 사람이었습니다. 그의 펀치가 나올 때마다 저는 두려움으로 힘든 싸움을 해야 했습니다. 그가 지닌 모든 기술은 하나하나가 치명적인 위력을 가진 것들이더군요. 저는 그가 정말 훌륭한 선수라고 생각합니다."

"이번 승리의 요인이 뭐라고 생각하시나요?"

"헌즈 선수가 저의 접근전을 제대로 대비하지 못한 것이 주원인입니다. 그는 저의 스피드를 간과한 것 같습니다."

"마지막으로 한 말씀 해주십시오. 지금 관중들이 남아 있는 건 이 순간을 기다리고 있는 것 같습니다."

링 아나운서는 알아서 최강철에게 마이크를 넘겨주고 뒤로 물러났다.

중계방송을 했던 모든 카메라가 최강철과 링 사이드에 있던 레너드, 그리고 마빈 헤글러의 모습에 초점을 맞췄다.

최강철은 경기를 승리로 이끌면 언제나 폭탄선언을 해왔기 때문에 전 세계 언론이 이 순간 엄청난 긴장감에 빠져들었다.

"관중 여러분 감사합니다. 그리고 전 세계에서 이 시합을 보며 저를 응원해 주신 팬 여러분께 진심으로 감사드립니다. 특히 대한민국에서 저의 승리를 간절하게 기원해 주신 국민 여러분께 사랑과 존경을 담아 고개 숙여 고맙다는 말씀을 드리겠습니다."

최강철은 잠시 말을 끊고 카메라를 향해 머리를 숙여 인사를 했다.

방송으로 이 장면이 그가 말한 사람들에게 전달된다는 것을 알기에 한 행동이었다.

그런 후 최강철은 천천히 몸을 일으켜 링 사이드로 걸어갔다.

그의 걸음에 따라 수많은 카메라의 각도가 틀어졌다.

최강철이 걸음을 멈춘 곳은 슈거레이 레너드가 앉아 있는 곳이었다.

불세출의 영웅.

테크닉의 교과서이자 금세기 최고의 테크니션으로 불리며 웰터급 통합 타이틀을 6차례나 방어했던 극강의 챔피언, 슈가레이 레너드 말이다.

"슈거레이 레너드, 관중들은 제가 다음 상대로 누구를 원하는지 기다리고 있습니다. 제가 시합하기 전 들었는데 당신이 곧 재기전을 한다더군요. 저는 관중들께 제 다음 상대로 당신

을 지목하겠습니다. 물론 오래 쉬었으니 제대로 준비할 시간
이 필요할 겁니다. 기다리겠습니다. 천천히 오십시오. 당신이
가장 좋아하는 아름답고 화창한 날에 저에게 와주십시오. 당
신과 나, 이 시대를 살아가는 사람들에게 당신과 나의 경기를
보여주어야 합니다. 그것이 우리의 운명이니까요. 부탁드립니
다, 레너드 씨. 저의 제안에 대답을 해주시겠습니까?"

최강철이 자신의 말을 끝내고 물끄러미 바라보자 모든 카메
라가 슈거레이 레너드를 향해 돌아갔다.

다가온 최강철을 굳은 얼굴로 바라보던 레너드가 마이크를
든 것은 카메라의 초점이 모두 자신에게 왔을 때였다.

"허리케인의 말에 전적으로 동감합니다. 내가 은퇴를 한 것
은 더 이상 나를 상대할 선수가 없다는 외로움과 허망함 때문
이었습니다. 하지만 허리케인은 나의 투지를 다시 불러일으킬
정도로 대단한 기량을 가졌더군요. 허리케인, 당신과의 대결
에 응하겠소. 좋은 날, 내가 다시 예전의 기량을 회복했을 때,
그때 도전하지!"

슈거레이 레너드가 굳어졌던 얼굴을 풀면서 밝게 웃는 순
간 우레와 같은 함성이 터져 나왔다.

관중들은 그의 말이 끝나자마자 전부 일어서서 기립 박수
를 쳤는데 그 함성에는 설렘과 흥분이 잔뜩 담겨 있었다.

누가 상상이나 했단 말인가.

꿈의 대결.

정말 이 두 사람의 시합이 결정되면 금세기 최고 복서들의 싸움이 된다.

시저 팰리스호텔 특설 링을 찾아온 전 세계의 기자들이 미친 듯이 플래시를 터뜨렸다.

또다시 터져 나온 폭탄선언과 그리고 응전.

이런 걸 보고 기자들은 '드림 드로잉 매치'라는 용어를 쓴다.

*　　　　　　*　　　　　　*

승리에 대한 광란의 시간이 지나고 최강철의 인터뷰가 나오는 순간 잠실 야구장에 몰려 있던 25,000명의 관중은 숨을 죽이며 그의 말을 들었다.

볼수록 자랑스럽다.

유창한 영어로 승리에 대한 소감을 말하던 최강철은 대한민국 국민들에게 인사할 때는 쩌렁쩌렁한 한국어로 감사 인사를 전했다.

잠실 야구장을 뒤흔드는 성원.

그의 감사 인사가 전해지는 순간 모든 응원단이 일어나 기립 박수를 보냈다.

고맙다, 그리고 사랑한다.

응원단의 박수와 함성이 멈춘 것은 인사를 마친 최강철이 동쪽 링 사이드를 향해 걸어갔을 때였다.

뭔가 거대한 먹구름이 그쪽으로 흘러가는 것처럼 느껴졌기 때문이다.

—레너드, 나는 당신을 기다리겠습니다.

정말 미친다.

최강철의 도발과 레너드의 화끈한 응전이 이어지자 잠실 야구장을 가득 채웠던 사람들이 전부 뒤집어졌다.

산 너머 산이라더니 헌즈라는 거대한 괴물을 물리치자마자 또 다른 거센 해일이 몰려오고 있었다.

사람들은 양 선수의 이야기를 듣고 어쩔 줄을 몰랐다.

자신들의 감정이 어떤 건지 정확하게 인지할 수 없었기 때문이다.

헌즈와의 대결로 인해 얼마나 조바심을 내면서 긴장과 초조감을 느꼈단 말인가.

그런데 이제 슈거레이 레너드와 싸운다고 하니 심장이 벌렁 거려 제대로 입이 떨어지지 않았다.

사람들은 모든 중계방송이 끝났어도 쉽게 자리에서 일어나지 못했다.

최강철이 던진 도전은 사람들의 행동을 제어할 만큼 커다란 충격을 주었다.

가슴이 저절로 답답해서 많은 사람이 한숨을 내쉬는 게 보였다.

김영호와 류광일은 습관적으로 소주병을 찾았으나 이미 6병이나 가져온 소주병은 내용물이 텅텅 비어 그들의 발밑에서 뒹굴고 있었다.

"아, 미치겠네. 몇 병 더 사올 걸 그랬다."

"류 대리, 아무리 생각해도 강철이가 미친 거 같다."

"왜?"

"난 강철이 정신 구조가 의심스러워. 쟨 정말 아무런 두려움도 없는 놈인 것 같아."

"우리와 똑같으면 저 자리에 가 있겠냐?"

"하아, 레너드라니. 레너드는 무적 행진을 구가하다가 은퇴했어. 그것도 지가 스스로 통합 챔피언 벨트를 벗어던지고 떠날 정도로 대단한 놈이었단 말이야. 떠난 이유가 뭔지 알아? 자신의 적수가 더 이상 없다면서 외로움을 견딜 수 없어 떠난다고 했다니까!"

"알아, 하지만 너도 강철이가 헌즈 꺾는 거 봤잖아. 강철이가 충분히 이길 수 있어. 레너드는 은퇴한 지 거의 3년이나 되었다고!"

류광일이 신경질적으로 소리를 빽 질렀다.

그는 김영호가 레너드를 최강철보다 더 높게 평가하는 말을 계속하자 절대 인정하지 못하겠다는 듯 두 눈을 부릅떴다.

하지만 김영호의 말은 그의 표정과 상관없이 계속해서 이어졌다.

"레너드가 3년 쉬었다고 기량이 변할 것 같아? 강철이도 1년에 한 번 시합을 했어. 레너드 정도의 레벨은 상식이 통하지 않아. 그는 금세기 최고의 테크니션이자 무적의 복서야."

"아, 씨발. 난 그런 거 몰라. 하여간 우리 강철이가 무조건 이겨. 헌즈도 이겼잖아!"

"헌즈는 레너드도 이겼다."

"한 번은 무승부였어."

"그때는 컨디션이 최악인 상태에서 싸웠다고 대문짝만하게 뉴스에 나왔었지. 레너드가 정상 컨디션이었다면 헌즈는 또 쓰러졌을 거야."

"넌 우리 편이냐, 레너드 편이냐? 정말 신경 쓰이게 만들래!"

"사실이 그렇다는 거야. 저번에 링지를 보니까 레너드가 곧 재기전을 갖는다고 하더라. 지켜봐야 되겠지만 난 헌즈보다 레너드가 더 어려운 상대라고 생각해."

"왜?"

"레너드는 결점이 없기 때문이지. 헌즈는 두 가지 결정적인 약점이 있었어. 바로 턱이 약하다는 것과 후반으로 갈수록 체력이 급격히 떨어진다는 결정적인 약점을 가지고 있었단 말이야. 헌즈가 진 경기들이 전부 KO패였다는 것만 봐도 알 수 있지. 하지만 레너드는 달라. 무패의 전적으로 은퇴할 때까지 그는 모든 선수를 압도하는 경기력을 보여줬어. 못 치는 펀치가 없고 체력도 강해서 15라운드를 뛴 게 10번도 넘어. 그래서 레너드를 전설이라고 부르는 거다. 대부분의 전문가가 헌즈보다 레너드를 더 높게 평가하는 것도 그런 이유가 있었기 때문이야."

김영호가 전문가 뺨치는 식견으로 유창하게 말을 이어나가자 그들의 양옆에서 이야기를 듣고 있던 학생들과 회사원들의 표정이 점점 어두워져 갔다.

레너드라면 그들도 이미 알고 있을 정도로 엄청난 기량을 선보이며 연전연승을 거두던 불세출의 복서였다.

그런 복서가 재기해서 최강철과 싸운다고 하니 저절로 심장이 떨려왔다.

결국 막무가내로 버티던 류광일의 표정도 점점 어두워져 갔다.

김영호는 복싱에 관해서는 전문가였기 때문에 선수들의 프로필은 물론이고 장단점까지 훤히 꿰고 있을 정도로 해박한 지식을 가지고 있었기 때문이다.

그가 그렇다면 정말 그런 것이다.

"협박하지 마라. 심장 떨린다고!"

"협박이 아니라 사실이다. 레너드가 두 번 정도 시합을 하고 나면 강철이와 예측할 수 없는 승부를 벌이게 될 거야."

"아이고, 오늘부터 발 쭉 뻗고 잠잘 수 있을 거라 생각했더니 이게 웬일이래. 강철이 저놈은 왜 이런 짓을 자꾸 벌여서 사람을 환장하게 만드는지 모르겠네."

류광일이 바닥에 구르고 있는 빈병을 들어 겨우 남아 있는 소주 몇 방울을 쪽쪽 빨았다.

그 모습을 보면서 김영호가 두 손을 만지작거리다가 천천히 입을 열었다.

"내 생각에 강철이는 복싱 역사를 새로 쓰고 싶어 하는 것 같아. 전설적인 영웅들을 모두 꺾고 천하를 통일하는 최강의 군주가 되고 싶은 거 아닐까?"

최강철의 핵폭탄급 발언에 당황했던 대한민국은 시간이 하루 지나자 환희와 투지로 불타오르기 시작했다.

언론에서는 최강철이 헌즈를 꺾고 슈퍼 웰터급 챔피언에 오른 것을 특종으로 뿌렸고, 방송에서는 경기 장면을 무한 반복해서 내보내며 국민들의 시선을 텔레비전 앞으로 끌어모았다.

여론을 주도한 것은 방송이었다.

최강철의 경기를 위성중계한 KBS에서는 전문가들을 초빙

해서 레너드와 최강철의 전력을 분석했는데 충분히 이길 수 있다는 전망을 내놨다.

간절한 희망과 자신감을 끌어 올리기 위한 의도적인 방송이었다.

국민들의 염원을 충족시키고 헌즈전을 승리로 이끈 여세를 몰아 국민들로 하여금 헌즈전 때와는 다른 분위기를 고취시키는 목적도 함께 담겨 있었다.

헌즈전이 결정되었을 때 전 국민이 걱정과 우려로 인해 사회적인 분위기가 한동안 침체되어 많은 문제점이 생겼다.

사회 범죄가 폭증했고 자포자기의 심정으로 자살하는 사람들이 늘어나 사회적인 문제로까지 번졌었다.

다행스럽게 최강철이 직접 텔레비전에 출연해 승리를 확신하면서 그런 현상은 점차 가라앉았으나 다시는 그런 문제가 일어나게 방치할 수는 없었다.

KBS에 출연한 복싱 전문가 최문석은 방송에서 두 사람의 대결을 이렇게 예상했다.

"레너드 선수와 최강철 선수는 비슷하면서도 완벽하게 다른 스타일을 가지고 있습니다. 레너드 선수의 특징은 아웃복싱을 펼치지만 수시로 상대방의 균형을 무너뜨린 후 휘몰아쳐 KO을 이끌어냅니다. 상대에 따라 카멜레온처럼 변하는 그의 경기 스타일은 너무나 까다로워 시합 당사자들은 유령과 싸웠다는 말을 할 정도였습니다. 공격 무기인 스트레이트와 훅, 어퍼컷, 공격을 리드하는 잽까지 완벽에 가까운 테크닉을 가지고 있습니다. 거기에 덧붙여 아웃복싱을 펼치면서 상대의 공격을 흘려내는 방어 기술 역시 복싱 역사상 가장 훌륭하다는 평가를 받고 있습니다. 하지만 저는 누가 이기냐는 질문을 한다면 최강철 선수를 선택할 것입니다. 최강철 선수의 공격력은 레너드 선수를 압도하고 있습니다. 26전을 모두 KO승으로 끝낼 만큼 강력한 파괴력을 가졌기 때문입니다. 최강철 선수는 전부 다른 스타일의 선수들과 싸우면서 특유의 태풍 같은 인파이팅으로 모두 KO승을 이끌어냈습니다. 테크닉 면에서도 레너드에 뒤지지 않습니다. 최강철 선수의 펀치는 완벽에 가까운 타이밍에서 목표점을 타격하는 능력이 발군입니다. 더군다나 방어력과 맷집도 레너드에 못지않습니다. 더군다나 최강철 선수는 헌즈라는 큰 산을 무너뜨리며 절정의 기량을 뿜내고 있습니다. 레너드가 재기전을 통해 어떤 기량을 선보일지 모르나 3년이란 시간이 흘렀으니 저는 최강철 선수가 압도적인 경기력으로 레너드를 꺾을 것이라 자신합니다."

*   *   *

최강철은 경기가 끝난 후 5일 동안 라스베이거스에서 머물며 서지영과 시간을 보냈다.

더 있고 싶었으나 기말고사를 봐야 했고 복싱 협회에서는 국민들이 목 빠지게 기다린다며 난리를 쳤기 때문에 더 머물 수가 없었다.

윤성호는 시합이 끝나자 황인혜와 함께 뉴욕으로 날아갔지만 이성일은 같이 귀국하겠다며 눈치 없이 남았다.

"시합 끝낸 놈은 몸조리를 잘해야 해. 너무 힘쓰면 다음 시합에 지장이 있기 때문에 트레이너인 내가 감시하는 건 당연한 거야. 그러니까 너무 불만 갖지 마라."

핑계다. 그리고 금방 돌아가야 한다는 걸 알기 때문에 그냥 주저앉았을 뿐이다.

놈은 감시를 한다면서 말없이 사라졌는데 카지노에 드나드는 게 분명했다.

서지영과 함께 라스베이거스의 곳곳을 돌아다니며 데이트를 즐겼다.

비록 이틀 동안은 끙끙 앓느라 밖에 나가지 못했지만 3일이 지난 후부터는 퉁퉁 부은 얼굴을 시꺼먼 선글라스로 가리고 관광지를 찾아다녔다.

이것도 습관인 걸까.

시합이 끝나고 서지영과 함께 보내는 시간이 점점 더 행복해지고 있었다.

"자기야, 우리 저기 가볼까?"

"카지노?"

"응, 난 저런데 한 번도 가보지 않았어. 궁금해."

"그럼 가보자."

서지영이 가리킨 곳을 향해 최강철이 먼저 걸음을 옮겼다.

무엇이든 해준다.

전생의 그는 사랑하는 사람들에게 아무것도 해주지 못했지만 이번 생에서는 그들의 행복을 위해 최선의 노력을 다할 생각이었다.

피닉스호텔의 카지노는 엄청난 규모를 자랑했다.

입구부터 로마의 궁전에 들어서는 것처럼 아름다운 조각상이 늘어서 있었는데 신화에 나오는 신들의 모습인 것 같았다.

더불어 온갖 조명으로 치장되어 화려함의 극치를 보여주고 있었다.

다른 사람들의 돈을 뺏기 위해서는 이 정도의 눈요기는 해줘야겠지.

서지영은 정말 카지노가 처음이었는지 눈을 남산만 하게 만들고 어린아이처럼 호들갑을 떨었다.

"아휴, 사람들 봐. 꼭 시장터에 온 기분이야."

"한번 해볼래?"

"아니, 그냥 구경만 할 거야. 난 도박 같은 거 무서워. 열심히 일해서 번 돈을 한순간에 탕진하는 건 바보들이나 하는 짓이야."

"건전한 생각을 가졌구나. 그럼 여긴 왜 왔어?"

"궁금하다고 했잖아요. 그리고 자기도 보다시피 엄청 화려하잖아. 여자는 화려한 걸 좋아한다고요."

"하하, 그런가. 그럼 구경만 하자."

최강철은 그녀를 데리고 카지노 여지저기를 돌아다녔다.

슬롯머신, 블랙잭, 바카라 등등 수많은 종류의 게임이 카지노 전체를 차지한 채 벌어지고 있었는데 게임마다 사람들로 인산인해를 이뤘다.

천천히 걸으며 게임이 벌어지는 곳마다 돌아다녔다.

여러 번 와봤지만 언제 봐도 카지노는 화려함의 극치를 보여준다.

하지만 카지노에는 3가지가 없다고 한다.

바로 창문, 시계, 그리고 거울이다.

시계가 없는 이유는 고객들이 시간을 알 수 없게 만들어 게임에 빠져들도록 하기 위함이며, 거울이 없는 것은 자신의 피폐해진 모습을 보지 못하게 만들기 위해서다.

마지막으로 창문이 없는 것은 어둠이 가지고 있는 욕망을 극대화해서 고객들의 호주머니를 완벽하게 털기 위함이었다.

천천히 걷던 최강철의 눈이 번쩍 빛난 것은 사람들의 탄식이 터진 곳에서 이성일의 모습을 확인했기 때문이다.

굳게 다물어진 입술, 그리고 초췌하게 변해 버린 얼굴.

세상을 다 잃은 사람처럼 고통과 후회, 번민에 빠진 모습으로 허탈하게 앉아 있는 친구 놈의 모습을 본 순간 최강철의 얼굴은 무섭게 굳어졌다.

놈은 라스베이거스에 올 때마다 카지노에 한동안 머물었는데 여러 번 돈을 땄다며 자랑을 하곤 했다.

놈이 있는 곳으로 다가갔다.

선글라스를 꼈고 모자까지 눌러썼기 때문에 금방 알아보지 못했던 사람들이 그의 정체가 허리케인이란 걸 알아보고는 전부 기절할 것 같은 표정을 지었다.

하지만 최강철의 눈은 사람들의 반응을 무시하고 등을 돌린 채 앉아 있는 이성일을 향해 고정되어 있었다.

다가가 놈의 어깨를 두드렸다.

뒤늦게 사람들의 반응을 확인한 이성일의 눈이 최강철을 확인하고 당황함으로 물들어갔다.

그는 여기서 최강철을 보게 될 줄 꿈에도 생각하지 못한 표정을 짓고 있었다.

"날 감시한다는 놈이 아주 카지노에서 사는구나. 땄냐?"

"……"

대답을 하지 못한다.

몰라서 물은 게 아니다. 다만 놈의 고통을 조금이라도 완화시켜 주고 싶어서 물었을 뿐이다.

"얼굴이 안 좋은 걸 보니까 잃은 모양이네. 얼마나 잃었어?"

"그냥… 조금 잃었어."

"그럴 수도 있지. 심심한데 나도 같이해야겠다. 저기, 미안하지만 자리 좀 양보해 주실 수 있겠습니까?"

"아, 예… 그럼요."

최강철이 옆에 앉아 있는 사람에게 양해를 구하자 30대 중반의 남자가 벌떡 자리에서 일어났다.

그는 상대가 허리케인이란 걸 안 순간부터 눈을 떼지 못했는데 자신에게 말까지 붙이자 금방이라도 숨이 넘어갈 것 같은 표정을 지었다.

최강철이 자리에 앉자 중단되었던 게임이 다시 시작되었다.

게임은 블랙잭이었고 룰은 무척 간단했지만 실력이 가장 필요한 게임이라는 게 도박사들의 평이었다.

피닉스호텔 카지노의 블랙잭 리밋 금액은 오백 달러였다.

회당 최대 베팅 금액이 오백 달러란 뜻이고 스플릿을 할 때는 그 배까지 가능했지만 스플릿이 나오는 경우는 그리 많지 않았다.

따라서 판돈으로 봤을 때 5일 동안 이성일이 맥시멈으로 잃은 돈은 많아봐야 30만 달러였을 것이다.

물론 일반인들로서는 상상할 수 없을 정도로 큰돈이다.

그러나 그 정도 돈을 잃으려면 인생에서 가장 재수 없는 일들이 반복해서 발생했을 때나 생길 정도로 운이 없어야 가능하다.

블랙잭의 기본 승률이 최소 47%를 넘기 때문이었다.

최강철은 지갑에서 오백 달러를 꺼내 칩으로 바꿨다.

그가 바꾼 것은 10달러짜리 칩 50개였다.

게임이 시작되자 이성일은 자신의 패에 주저하지 않고 500달러를 걸었다.

손이 나가는 속도만 봐도 알 수 있다.

이놈은 지금까지 계속 이렇게 베팅한 게 분명했다.

놈의 자리 앞에는 백 달러짜리 골든 칩이 30여 개 있었는데 그 자리에 얼마나 있었는지 알 수 없다.

이성일의 패는 하트3이었으니 블랙잭으로 봤을 때 최악의 패였다.

반면에 10달러를 건 최강철의 패는 스페이드 퀸이었다.

블랙잭은 숫자 10부터 그림 카드는 전부 10으로 계산하는데 21과 근접한 숫자를 만드는 사람이 이기는 게임이었다.

그림 카드에 에이스.

1과 11를 함께 쓸 수 있는 에이스가 그림 카드를 만나면 블랙잭이 된다.

따라서 최강철의 그림 패는 상당히 좋은 것이었다.

결국 최강철은 이번 게임에서 10달러를 땄으나 이성일은 500달러를 잃었다.

그 후 오랫동안 최강철은 매 게임마다 10달러를 걸었다.

이겨도 그만, 져도 그만이다.

그럼에도 그는 뒤에 서 있던 서지영은 물론이고 구경꾼들과 호들갑을 떨면서 게임을 즐겼다.

시간이 한 시간 정도 지났을 때 이성일은 또다시 2만 달러를 잃었다.

여전히 그는 재수가 없었고 만 달러짜리 수표에 여러 번 사인을 해야 했다.

이성일의 표정은 시간이 지날수록 일그러져 갔다.

돈을 잃어서가 아니다.

옆에 앉아 10달러씩 판돈을 걸며 즐거워하는 친구 놈의 모습에서 자신의 자화상을 확인했기 때문이다.

놈은 자신이 도박하는 것에 대해 아무런 말을 하지 않았지만 쓸데없이 1시간이 훌쩍 넘을 동안 10달러씩 걸면서 자신에게 부끄러움을 안겨주고 있었다.

왜 한 번 시합에 몸값이 2천만 달러에 달하는 슈퍼스타 허리케인이 이 아까운 시간을 허비하면서 옆에 앉아 있겠는가.

이 모든 것은 자신 때문이었다.

놈은 10달러씩 걸면서 웃고 떠들며 카지노의 무서움을 알려주고 있는 게 분명했다.

이성일은 자신이 건 500달러짜리 골든 칩이 딜러의 손에 들어가는 것을 확인하며 얼굴을 손으로 쓸어냈다.

그런 후 쓴웃음을 지으며 최강철을 바라보았다.

"강철아, 그만 가자."

"왜, 한창 재밌는데?"

"그만 가자. 내일 떠나려면 마지막 날이니까 힘 좀 써야 되잖아."

놈이 서지영을 힐끗 바라보면서 흰소리를 했다.

이미 놈의 목소리는 평상시로 되돌아와 있었다.

"그렇긴 하지. 오늘 힘 안 쓰면 내일 얼굴에 손톱 자국 생길걸?"

"강철 씨!"

이야기를 듣고 있던 서지영이 소리를 빽 지르자 두 놈이 동시에 비실거리며 웃었다.

먼저 일어난 건 최강철이었다.

"성일아, 가자."

"그런데 어떻게 알고 온 거야?"

"내가 너한테 추적 장치를 달아놨다. 그러니까 넌 엉뚱한 짓 하면 전부 나한테 걸리게 되어 있어."

"내 몸에 칩 같은 거 심어놨냐?"

"아니, 네 정신에 심어놨지. 나한테서 도망가지 못하게."

"지독한 놈."

"성일아, 이런 거 계속하면 네가 사랑하는 사람을 울리게 돼. 나는 네가 이제 이런 거 그만했으면 좋겠다."

"알아. 네가 왔을 때부터 다시는 이런 곳에 오지 못할 거란 생각을 하고 있었다. 마치 꿈을 꾼 거 같구만. 도박이 무섭다고 하더니 제대로 맛을 봤어."

"그럼 됐다. 가자."

"그래."

다 죽을 것 같았던 이성일의 얼굴에서 밝은 웃음이 새어나왔다.

돈, 그게 무슨 상관일까.

나에게는 이런 친구가 있는데 그게 뭐가 그리 중요하겠어.

『기적의 환생』 10권에 계속…